我试图从身体出发，

从此刻的内心一隅出发，

感受这些事物的存在。

他们从我的眼睛里、思想里、血液里经过，

如疾风骤雨，也是微风拂过。

记忆是没有色彩的，它永远是黑白片。

但它的表面却布满了风的张力与水的湿痕。

这些风中的纸片，雪花般飘洒出去，它们也
不知将要飘到哪，将被什么人看见。

朱 强 著

起风

百花洲文艺出版社

图书在版编目（CIP）数据

起风 / 朱强著. -- 南昌 : 百花洲文艺出版社,
2025.3

ISBN 978-7-5500-5111-9

Ⅰ.①起… Ⅱ.①朱… Ⅲ.①散文集—中国—当代

Ⅳ.①I267

中国国家版本馆CIP数据核字(2023)第039136号

起风

QI FENG

朱 强 著

出 版 人	陈 波
责任编辑	杨 萍
书籍设计	方 方
制 作	周璐敏
出版发行	百花洲文艺出版社
社 址	南昌市红谷滩区世贸路898号博能中心一期A座20楼
邮 编	330038
经 销	全国新华书店
印 刷	湖北金港彩印有限公司
开 本	889 mm×1194 mm 1/32 印张 8.375
版 次	2025年3月第1版
印 次	2025年3月第1次印刷
字 数	150千字
书 号	ISBN 978-7-5500-5111-9
定 价	45.00元

赣版权登字 05-2023-463
版权所有，侵权必究
邮购联系 0791-86895108
网 址 http://www.bhzwy.com
图书若有印装错误，影响阅读，可与承印厂联系调换。

自序：生活的海洋里永远有大块文章

在这册名为《起风》的小书中，写的其实是我在生活中的各种遇见，这些遇见极其偶然，色彩与线条又极其简单。

它们可谓是生活对我发起的各种突袭，毫无准备。目之所遇，无非多看了一眼，然后就迅速分开了。

现代人的遭逢，就是那么忽然，"过客"这个词，多是为现代人准备的。现代人时刻都在做客，做天地与时间的客。但庆幸的是，这些匆匆一瞥的事物，最终在我的感官世界里留下了一个清晰印象，虽说昙花一现，但他们在我的内心却造成巨大冲击。比如眼前一幕：雨天，我站在门前，出神地看着街道，突然一辆电动车在门前空旷中停下来，有一个送外卖的小伙子，他戴一顶黄色头盔，好像从深水里刚刚上岸，手上拎着外卖，一个黑色背影正急匆匆地走进深不见底的大楼。电动车前灯没来得及熄灭。如果不是因为那一束明亮的光，我根本不知道雨水有那么密集，它们像无数透明的子弹，在光亮中飞舞；而刚才那个送外卖的小伙子，他就在这种用肉眼无法看见的穿透中，跑了不知道有多少公里。我为了看清楚他的面孔，看清楚那张被暴雨一遍遍击打过的面孔，特意在门口多待了十多分钟……类似于这样的遇见太多了，他们都是生活里的陌生人，生活的长卷就是通过这样一幕幕拼接起来的。我试图从身体出发，从此刻于内心一隅出发，感受这些事物的存在。他们从我的眼睛里、思想里、血液里经过，如疾风骤雨，也是微风拂过，这些画面与风景，让头脑里很多的思想一并点燃与发生了。他们发生得同样猝不及防。闪念与闪片都类似于马尾上鬃毛的甩动。

人活一世，谁不是在人间走过啊，活着就是为了与更多的辛苦遭逢。这本小书，虽然无关乎撕心裂肺与肝肠寸断，写出的只是生活里的一份温情与平静，内心偶有涟漪荡起，都是片刻的情绪与感觉，但生活的浩瀚与深沉恰好就掩盖在这种风平浪静之中。

日常永远是构成历史的主要材料。我想写的，多是这种看似轻盈却不容忽视的部分。它们进入到我的意识与情感之中，然后凝结成文字；文字也如一束光，照亮了生活里的黑暗与庸常 。"文"就是一种发明，它让幽暗晦涩的部分转向明亮。写字的时候，往往有风吹进胸膛，大风如雷，心里的烛火被风越吹越旺，生活的缤纷多彩与变幻莫测总是在对人的心绪施加各种魔法。喜怒哀乐如流水，这一刻，我被现实生活中的众多灵魂附体。清洁工、送外卖的小伙子、地铁里的陌生面孔、草根艺术家、街道拐角处的一株开得正盛的玉兰花……相见一瞬，我即是他们，他们也即是我了。生活的海洋里永远有大块文章，大块噫气，其名为风。只要是有风吹过的地方，就播撒着人的悲欢，书写着关于人的历史。

目 录

卷一

卷　二

卷 四

卷　五

卷

一

Volume One

夜晚的沉湎

我更喜欢把天黑表述成天暗，暗是自我调节，像灯泡的亮度，被旋暗。暗后也可以明亮，旋的方向与力量决定了明暗以及亮度，暗夜中，隐约可以看见树、河流，还有大片的空地。有一些光从黑暗的楼房中间亮起来，好像思想混沌的人，突然灵光一闪，开了智慧之门。

我的头脑不知受到什么触动，或许是因为看了朋友外出旅行带回的风景照片，那是一些异国小镇，红墙尖顶的古旧城堡，还有金色的山丘与紫色的夕阳。不过比较起陌生的风景我却更喜欢熟悉的生活，旧物与老友。一切都在可以把握的范围内。

老辈人说，树挪死，人挪活。其实人和树一样，脚下都是有根的，脚下正因为有根，活得才更加地舒适从容。这些年，外部的环境尽管一变再变，但我始终像一枚钉子钉在一个地方，越钉越深，不可自拔，幸好钉子还没有生锈，曾经的锐气经过生活的一次次磨洗，锋芒也都变得圆润了，当年所期待和所畏怕的，当经历以后，也都自觉轻松了起来，原来所谓的艰难都是说给未曾上路的人听的，人走过了长路，心里也有了一条路，对于路并不再感到可喜与可怕了。适才看上去还很远的路灯，很快就退到身后很远了。

夜晚，赶路人在街边的一张柔软的椅子上坐下来，白露过后，夜晚能明显感到有一股寒气从裤管里升起，那是大地的呼吸。这种呼吸也只有在夜晚才有，昼短夜长，习惯了和夜晚交朋友的人，逐渐会养成一种精神性的洁癖，对于白昼里的喧嚣，不再有执念，不再有好感。夜晚是种植在瓷盘里的水仙，盛开在一片清冷中，凋落也在一片清冷中。清冷里清大于冷，清是清净、清空与清朗，只有经历过漫长的浊的人，才可能到达一种真正的清的境界，就像人类喝了长时间的浊酒，酒才由浊到清。清澈的酒像一杯透明的水，透过杯中的酒看到背面的世界，和从眼睛里直接看见世界完全是不一样的。人的一生其实也就是一个不断提炼的过程，年轻的时候，性格里、思想里总是有各种杂质，小毛病与小个性总是混杂在生命的底色中，想怎么滤也滤不去；酒总是容易喝醉，因为喝醉不知道深浅；话也总是容易说错，说错话并不是因为不会说话而是太想说话。结果每栽一次跟头都要长一次记性，记性长多了，人也就不知不觉老了。人的老往往不在于年龄，而在于眼睛里看得事物越来越清，日复一日，你也知道了哪些人可以交，哪些人可以深交，哪些人不可交，识人相面，了然于心。心里有了自己的一本账，越来越不再被一些好听的话弄得神魂颠倒，越来越不再为一些好看面庞迷得死去活来，越来越不再为一些不可能的虚幻之物弄得颠倒梦想。

一个习惯在深夜沉默的人，他就像博尔赫斯诗歌里所描述的那样，他走在夜晚的人群之中，他沉湎于自己，心无旁骛……

谁在哭泣

晚高峰的地铁车厢里，所有的人都是无声的。他们被覆盖在地铁的巨大的轰鸣声中，人们埋头于手机，就像一具具静止的雕塑。我倚靠在两节车厢的连接处，背后像有一个孔武有力的身体在不停扭动。地铁朝着一个深不见底的地方坠落。风驰电掣中，所有人都被这个力量裹挟。他们正在回家、赴宴或者奔往高铁站的路上。没有人会多看谁一眼，哪怕无意间眼神的相撞，也是短短的一瞬。车厢里鼓荡着满满风声，像在无边的旷野上。在这粗犷的声音里，突然有了一道细细的呜咽。它像溪水似的，汇入巨大的洪流。时隐时现，有时候又特别刺耳。我的目光在车厢里逡巡，人们都一律埋头于手机，并无看出任何的异常。我继续倚靠车厢，闭目冥想，过不了多久，地铁就会到站，我就会从熟悉的站台里出去，走向春天撩人的暮晚。但是鸣咽声总会在地铁呼啸时响起，有时它甚至占据上风，使拥挤的车厢里弥散着瘆人气氛，我猛然睁开眼，环顾四周。有物体的撞击声破空而来。三五步远外，坐在靠车门的一个年轻男子正用头猛烈地撞击着不锈钢扶手，捣蒜似的，他头发像块黑布，将脸盖住了，看不清了五官。哭泣声刚开始是低沉的，伴随着深长的抽泣。他到底是怎么了？到底遭遇了什么，让他的心如此破碎？我真想走近去安慰他，手情不自禁地伸向口袋，想给他递餐巾纸，在这个春气浮动的傍晚，所有的事物都怡然自得，唯有他的悲伤显得那么突兀。坐在他旁边的乘客，刚开始还会时不时地注视他，后来也若无其事了，人们既没有任何同情的表示也并不觉得他的哭声是一种打扰，继续埋头于手机。这个男子的哭声顿时像瀑布似的。他哭得撕心裂肺，脑壳撞击不锈钢扶手的力量也就更大了，他恨不得把脑壳撞碎，让身体里涌荡的悲伤都迸射出来。打破面前铁一样的沉默。但是不管他的哭声如何地悲天恸地，地铁的咆哮立马就把他的哭声给按下去了，他的行为到底没有打乱车厢里沉默的现状。我的眼睛直直地看着这个可怜的人，心想，要是地铁在这一刻停止就好了，至少他内心的呼喊不至于被巨大的轰鸣声淹没。几站路过去，他的号啕转为一阵阵抽咽，他像一个筋疲力尽的战士，终于从冲锋陷阵的嘶喊中退下阵来，他也终于掏出了手机，眼泪断断续续地掉下来，像被风吹响的珠帘，溅落在手机屏幕上，他用一只手抹去屏幕上的泪水，手指在屏幕上无力地滑动。我站在一旁，又想把口袋里的纸巾掏出来，但我到底还是忍住了。车也终于到站了，人们蜂拥向车门，然后这个年轻的男子在茫茫人群里消失了。我忍不住地扭转头去，人头攒动，我真想再看见他一眼。对于一个没有任何交集的路人我知道想再见几乎是不可能的。好几日，当我出门看到那些烂漫的烟树，嗅到空气中炸开的一阵阵暖香，我就会想到地铁车厢里的那个男子，以及拥堵在他心里的无尽悲伤。我在想，是什么样遭逢让他居然可以不顾颜面，在大庭广众之下尽情挥洒泪水？这种答案我永远是不知道最好。在我看来，人的成熟就是越来越有能力与生活里的各种不堪交朋友。控制情绪，最好是能够把真性情包裹起来。坚强的人总是懂得忍受各种不合理与不公。但是泪水被上帝创造出来赐予人类，到底又有什么用途？每个人在心里都掘下了一口湖，上帝的本意是用它去消化各种离苦、悲痛、落魄与失意的。安装在面部的闸阀总会在情感泛滥时拧开。也许，这也是作为情感的人本有的样子，人们在悲伤时把套在脸上的各种面具揭开，露出赤诚的双眼，就像春天里肆意生长的草木，它们无拘无束地铺展，就像一个人在悲伤时滔滔不绝的泪水。

起风了

立秋以后，风咬开城市的某个缺口，然后就有大堆大堆的风从那道口子里灌进来，使城市变得有声有色。风把大地上所有的秘密带向任何一个角落，让你即便在城市，也能够嗅到泥土与花草的香味。甚至几公里以外的某户人家炖骨头汤，都有可能被你发现。风把事物之间的距离缩短，有时候让你误认为故乡就在面前。你身上的每一个细节，也被风带向遥远。

有些诽谤别人的话，之所以能成为流言蜚语，多半是因为有风的缘故，不然就不会有"风言风语"这样的词汇了。风的作用就是让一些事物传播、扩散，然后被消解掉。不过有些最精微的东西，最终是不会遗散的。就像乐府诗里的《采莲曲》里的那条鱼，始终在人们的记忆活着，没有被风吹成一堆骸骨。

前些天一个人坐在草席上读李白的《襄阳歌》，像一个醉酒之人，把书读得酣畅淋漓，浑身是胆。读诗有时未必要真懂诗的内容，更多是在寻找自身的节奏。就像喝茶，茶味都在其次，最关键的是要能够通过茶水去体察自己。以往我们都太注重物了。竟然把自己给撂在了一边。当你把一首诗真正地读起来，你会发现风在拍打耳廓，那些所有世俗里的羁绊一概被消解掉了。这时候，世上的事情你都看得十分清楚，原来之前那么多的枷锁，都是自己给自己加的。读诗可以让你吸收到来自风的能量，身体扶摇直上，思绪呼啸回旋。以前在寺庙里听和尚们唱经，觉得那声音虚空而宁静，可以洗尽一切的铅华，有一种上升的力量，把人的身体奋力托起，到达自己企盼到达的高度。

我的一个朋友是在庙里工作，他说之前读《金刚经》老是害怕，蚂蚁一样的恐惧涌上心头。他说那时读经的人好像不是自己，是一匹马，风驰电掣的速度让你随时有从马背上摔下来的可能。那时他刚出家，还没有完全脱掉世俗的这一层皮，内心的节奏与一个真正的出家人还有距离。想来我们既通过阅读去寻找某种自信，也通过它去寻找自己。声音让文字变成了某种仪式，但是这种仪式也让文字更加庄严神圣。就像纪念碑、广场与阅兵仪式让革命与某个政党变得更具有威严。

今晚上我试图通过冷风去寻找旧时光里的某些细节。原来风一直是一个巨大的容器，它保留下了那些从前你自认为无足轻重的东西。现在你从风中翻出来，时间已经赋予了它们新的意义，原来过去的每一个漫不经心在这里都变得弥足珍贵。价值本来就是无所谓有，无所谓无的。很多年前吃过的一道菜，其味道当时在舌尖上来也匆匆，去也匆匆，现在才开始小心翼翼地玩味。在我十岁出头的那个冬天，我妈带我逛书店那个场景当时自认为稀松平常，现在才发现它已经成为生命中的珍品。不要小觑时间场里的任何一次惊鸿一瞥，也不要忽略生命里每一次擦肩而过，它们或许将成为你朝思暮想的对象，让你在时间里害上多年相思，让你的后半生夜夜辗转反侧。

在风中，我们也时常可以看见一些由枯败的草叶聚拢起来的球。它们被一个旋风紧密地包裹着，越聚越大。忽而上升，忽而平移。最终的命运，是随着旋风的消失而瓦解，遗落在地，与尘土、流水汇合。马克思说，任何历史中诞生的事物必将在历史上消灭。因为某一个特定的环境，得益于风、水、云气，冥冥中各种美丽的缘让你与某些人成为朋友或兄弟。你们默契共事，酒肉言笑，觉得在有生之年里，再也没有分离的可能，但事实上，任何两件事物的结合，都牵涉到太多的东西，不是一两个人说了算的，不要以为什么事情都是一对一，很有可能是一对多，当一个气场不在了，当某个特定的环境不在了，那些曾经的海誓山盟，拍胸脯、喝烈酒的豪情壮志原来都是那么地不堪一击。许多人在你的生命中悄悄走进，然后又悄悄退出。这些来去自由的身影，正好拓宽了生命的维度。少小离家老大回，儿童时代的竹马之交，见面时候彼此竟然是满脸陌生。原来的气场早已经消散，也只好由他去吧！

"阿三你还认识么，狗牯已经没丝毫印象了。"

当那些聚合你们到一起的缘分已经不再，即使再怎么用力，都是枉然了。所以说，一生中有二三个知己就很值得叩天谢地，因为类似于这种持续作用的风——太难得了。

物质生活

——读布罗代尔

　　去理发店理发，店是一家老店。说它老，其实一点也不老，店名时髦，且新装修过，店老板也年轻，老的是人情，是每个月都要到这店里坐上一会。今天，进门又在那个靠里间的位置坐下来，看到镜中的自己，和上月此时并无两样。白色的围布系上身，时间好像又凝固了。有一些事物总在不断地重复。似曾相识，到底是大不相同。比如每天早上天花板上亮着的灯，比如窗前飘过的云，比如旧衣服再一次穿上身，熟人又一次碰了面，好的坏的情绪再一次升起。人间有太多重复，也有太多相似。但时间总是向着一个方向坠落，时间的运动就是下坠，像物体从高空扔下来，义无反顾，重重地、决绝地朝着一个方向砸落，但很少有人可以感觉到时间的这个残酷的向度，他们多数沉湎于重复的细节里。花开花谢花又开，花总是以这种方式制造着合理的假象，花的开与谢好像是人间再寻常不过的事情，但是镜中的人知道花所使用的不过是一种障眼法。谁能够阻止得了时间的一去不复返呢。鬓已星星也，不只是一声叹，它其实是人在镜中看见了时间正在以加速度的方式坠落。

　　理发的是一个瘦高的年轻人，一年四季，他都是剃一个平头，发如松针。我很好奇，他的头到底又是谁给他的理的，他的头发好像永远不会长长，像塑料做的。自从我认识他的那一天起，他的发型就始终没有变过。更多的时候，他就出现在座位对面的那块镜子里。一个理发师通常都是在镜子里和顾客打交道的，每当我被那个雪白的围布固定住，便觉得整个世界都转移到了镜中。我与理发师的关系已经变成了镜子里两个人之间的关系。我看到镜子里的那个瘦高男子正在给座椅上顾客的头发上喷一种液体，几乎每次，我都要询问一遍液体的具体内容。那能是什么呢，不就是水龙头里流出来的清水。人一旦被那个围布套住，对任何事物都会变得警觉起来，尽管那只是一块一扯就烂的围布。看样子，镜子里的两个人配合得非常默契，比如拿梳子的手轻轻左摆，前面的头，就相应的侧过去，镜子里的手一招，头便顺势地向前倾了。纷繁凌乱中，背后的人总可以敏捷准确地调动他的语言，语言是无声的，但另一个人很快也能够会意。与其说这是理发，不如说这是一种潜在的交流。尽管面前的两个人已经非常熟络，但他们却始终叫不出彼此的名字，也或许名字在他们之间并不重要，他们的交流凭借那一小块镜子便已经足够了。

理发就是让人在缓慢的、日常循环的、无意识的日常生活中看见时间所携带的物质在以加速度的方式坠落。按照布罗代尔的时间理论，这个坠落所带来的变化其实也可以定义为个体时间性的。但从整体史的角度来看，这种变化几乎是可以忽略不计的，历史并没有我们想象得那么残酷、动荡，它始终沉陷在一大堆琐碎的生活细节中，很少有人可以站出来替它说话。历史是无声的，像一条安详的大河，那些所有的飞溅起来的浪花都可能是历史的一个表象，只有那些隐蔽在下面的、影响集体存在的无尽的重复才是它最根本的力量。理发师的电推剪刀，挂在墙上的镜子，雪白的围布，纵横交错的街道，琳琅满目的物品，陌生人之间的微笑与对话构成了真实的历史，历史就在这无尽的庸常中暗自发生。

　　从理发店出来，头上凉飕飕的，天太寒了。真恨不得随手抓来一顶暖帽往头上扣。楼下的粉面店人头攒动，不得不委屈自己，在里间的厨房里找到了一个座位，勉强对付一下咕咕作响的胃。抬眼一瞬，就看见老板在水池边杀一尾大鳙鱼。鲢鳙在南方也叫作雄鱼，《山海经》说这种鱼状如犁牛，其音如彘鸣。遥想生活在北地的古人，当他们看到这么大体积的鱼，还敢不敢下箸？但南方人见多不怪，他们才不嫌鱼大呢！即便雄鱼体型如牛，发出猪似的咄叫，也不妨碍它被烹制成让人垂涎的美味。

　　老板正在给鱼去鳞片，去了鳞的鱼，肉白而滑。鱼一看就是活水里养的，南昌周围有很多大湖与水库，此地人天生就练就了一种吃鱼的本领，鱼肉一旦被送进嘴里，鱼肉里藏了几根鱼骨头都细数得出来。看老板杀鱼的手法，简直可用炉火纯青来形容，他用刀锋在鱼肚上轻轻一划，刀背探进去，往下一拉，红红绿绿的内脏就顺势掉了出来。他嘴上叼支烟，人瘦弱得像根藤，我以前没觉得他有这么潇洒过，以前他都只是负责在前台收钱，把客人下的单子传到后厨，难免有一点点精打细算锱铢必较的市侩味。今天他的面貌却彻底变了。黝黑的手臂上，肌肉的纹理中都蓄满了力气。男子汉的气场统统释放出来。砧板和菜刀的撞击让鱼的腥味迸射得满屋子都是。出门右边是个超市，门楣上去年糊了横批，到今年还没有撕掉换成新的。红纸都已经发白了，楷书"恭喜发财"四个字仍然黑得结实。这几字因为是手写的，加上间架又特别松垮，像一个随时都可能倾倒的旧房子。我立足了一会，觉得似曾相识，好像在某幅古画上也见过一张类似的，民间艺术有意思的就在于这漫不经心的地方。

刚刚立冬，天冷得的确是有些反常，云也是静的，白得毫无杂色。网购的书很快就到了。梅尔是新友，以前他在纽约的麦笛逊大街上做广告营生，后来心一狠，就跑到了普罗旺斯，他把普罗旺斯分割成十二等分，目的是对应一年中的十二个月。显然，这块土地是被他精心布置过的，且这种划分，并没有丝毫的形式感，每一块都是"及物"的。在四月，他提到餐桌上的芦笋，白皙的芦笋拇指粗细，尖部色泽纹理精致；十一月，梅尔津津乐道于橄榄油，因为橄榄此时已经成熟，橄榄砸落在泥地上的闷响就像是一首歌的序曲。到了榨橄榄油的季节，整个普罗旺斯都被清凉的香气充满了，时间的刻度再次擦亮。在梅尔看来，普罗旺斯并不只是一个抽象的地名，它是由丰富的物质生活所堆积起来的。梅尔所接触到的那些特产与风物，无论多少年过去，它们看起来都好像是一成不变的，人们总是用橄榄油来做菜、泡羊奶酪、腌红辣椒、保存蘑菇，还拿来蘸面包、拌芦笋，甚至会吃点儿预防醉酒。丰饶而庞大的物质生活总在顽强地、重复地表现着自己，贪婪又不动声色地吞噬着人们转瞬即逝的时间。要感谢布罗代尔，他把日常生活不折不扣地纳入了历史的范畴。浩浩荡荡的历史正是在物的日常化的过程中逐渐地确定了自己的面貌与去向。

旅人与梦境

绿皮火车路过察哈尔右翼前旗。开阔的大地顿时凹陷下去，有个条形水域在凹进去的大地上睁开了眼睛。北方人管它叫海，在南方人眼里，至多不过是个水凼罢了。大地空空荡荡，只是一望无垠的绿色。这是南方人并不曾见识过的"野"。《论语》说，野哉由也。没有接受过文明与道德驯化的"野"，苍苍茫茫。青草与灌木紧随大地的起伏。我知道这种绿并不能持久，它只是短暂地存在。近处的矮坡随时可以看见坟冢。这种冢简单得近乎草率。圆形的，像个井盖。死亡原来是这么潦草的一件事，死得越潦草，越轻描淡写，生者在死亡面前就越没有压力，死有什么大不了的呢，天地不仁，以万物为刍狗，比较起视死如生的厚葬，薄葬总来得干脆一点吧。死亡本来就没有那么隆重，生命的本质也就是"野"。信马由缰。自生自灭。它和地上的河流、草木以及石头一样，都在季节的轮回中自然呈现。如是想，心里的各种纠结也都释然了。但此地人盖房子却特别讲究，红色的波浪瓦，与墙体严丝合缝，青砖外墙，整齐得像用公式计算出来的。每栋房子体积都不大，样子却特别地结实。我很好奇，为什么这么小的屋子在屋顶上竟然布置有四五个烟囱。烟囱给人的感觉是雄性的，它把这片土地里的阳刚之气都捧出来。从这些林立的烟囱中，不难想见，北方人的剽悍与勇敢与他们强大的消化系统不无关系。平常的游牧人家，主食除了肉，就是奶，总之，他们很少吃蔬菜，水果就更少了。这样的饮食结构必然增加了他们肠胃对食物消化的难度。但是满目的烟囱，也很形象地说明了他们化难为易的能力，强大的消化排泄机器成了游牧人民对抗北方冬天的有力武器。相比之下，南方人就逊色得多了，说话也是慢条斯理的，肠胃也不是很好，柔柔弱弱。反映到饮食上，就只能吃一点精致易于消化的食物了。

从北方回到南方，莫名其妙地就爱上了睡眠。不论昼夜，蒙头就睡。历史上最能睡的，据说是五代时一个叫陈希夷的人，他以睡当隐。据说"小则亘月，大则几年，方一觉"，这样大量的睡眠，反而被人当作了美谈。

昨夜梦见在童年的大院子下了一场雨。那是一个有花有水池的院子。房门和窗都为它打开。雨是突然下的，粗而急促，像故乡的宽粉条。醒来天空果真就下雨了，雨撞击在窗子上，发出绵密的声音。出门，有条宽不足百米的小河从小区的领地穿过，最近河水莫名地落下去，现出黑暗的淤泥。可是青草很快就覆盖了黑暗。这几日，我突然就成了一个看风景的人，喧嚣很快就变得与我无关了。我知道社会交往的本质，就是参与，只有参与才能证明自己的在场。参与可以让人获得能量，当然也在损耗能量。当你每天与有关无关的人对话、打招呼、争吵、激辩、周旋、较量智商，你站在他们中间，渺小或者伟大，最终就变成了热闹里一个不可或缺的角色。热爱上睡眠以后，没想到往日热衷世俗交往的我会突然对眼前的热闹变得如此冷淡，世界就这样悄无声息地降落下去，降落到一个静谧的深渊中。降落却并非坠落，那是一种喧嚣过后的沉潜。我觉得人贵在有自驭力，应时而动，当止则止，慎独有时候也算得上是一种美德。任何时候都要把自己的位置放低，低了才可能积蓄力量，等待随时的奋起。

但是梦境依然会把一些脑神经里的记忆释放出来。比如不曾饮酒，却梦见自己醉，像一个玻璃杯，掉在地上，支离破碎。这是醉后的感觉，当然也是人醒后，印象中关于梦的样子。梦中，熟人与陌生人交错，绿酒中灯光点点。梦到自己在赶路，在熟悉的地方奔走，山一程，水一程。熟悉中夹杂着陌生，在陌生中迷路。心里却总想着一件未完成的事，一个渴望到达的地方。梦有时候会改造童年住过的屋子，屋子不在水边，在锦绣的花丛中，在高高的山上。屋子的结构与模样丝毫未变。有时是陪亲人去赴宴，在群山中醉得一塌糊涂，沉醉不知归路。茫然中掺杂着欢喜。

　　梦中的自己永远要比醒着的自己更加敏感也更加真实。焦虑、痛苦、喜悦和忧伤都那么直截了当。像跣足赤身的孩子，在野地奔跑。现实世界所有事情的发生都是缓慢的，所谓的缓慢，其实也就是它们都在遵守某种内在的逻辑，比如一个人在水中出现，他的出现必然不是无中生有，他的身体必然经历了从岸上到水里的过程。这个过程是可以被完整地捕捉到的。但是梦中的忽现的镜头大抵显得粗暴，呼啦一下，非常生硬地就切过来了，前一刻与后一刻的画面之间缺乏必要的联系。在这个情境里，事物都面临着巨大的偶然性。

　　抬望眼，看到玻璃窗外湛蓝的天空中有流动的云彩，此时的景象不复为梦，但它又让我想起了昨夜的梦，梦的颜色已经逐渐淡却了。梦的消散也就在一瞬，像灵感从大脑中掠过，短暂停留，稍纵即逝，似乎什么都没有发生。当发生时，事情具备了凹凸的纹理。一些深刻的情感随着眼前的画面在身体里流动。它让你深信并且臣服，你被镶嵌在这个完美的秩序中。但眼前只是一个透明的玻璃窗，它类似于一个艺术装置。天空中随时出现的飞鸟、缥缈的远山，都可能被人误以为是梦中之物。画面一度地出现扭曲，色彩由静谧变得喧嚣。这些风景看似出现于现实世界，符合生活的各种法则。但事实上，我与它们之间，到底是隔绝的。中间透明的玻璃让我深陷于另一个梦境。保罗·瓦莱里说，人类不断地、必然地通过关注非现实的东西来反对现实的东西！在我看来，人类之所以喜欢做梦，是因为梦有打破和否定现实的力量，人们通过梦对现实施加越来越多的改变，然后使之更接近于梦想。人处在现实与梦的中间，常常引发错觉，这种情况就像从喝得酩酊大醉的梦中醒来，发现自己根本就没有丝毫醉意。

无穷游与秘密交流

乘坐公交去和一座城市相见，要比乘坐其他任何的交通工具都更具有抒情性。当然我们也可能因此想到白马或者船。李白应该就是骑着白马去的长安。那一日，拜访对象张丞相正在病中。哒哒的马蹄踏着长安的青石路面。马对着长安的天空发出一声深长嘶鸣。马倦了，诗人李白在马背上也倦了。马已经与现代城市的整体气氛不相对称。船就显得更有些滑稽了。公交车名正言顺地成为了这个时代马路上最正经的事物，它从一个路口行驶到另一个路口，将一些人和另一些人进行置换，如此循环，世界就浓缩在一辆公交车中。

从公交车上向外看，一切都是陌生的。游学汴京的张择端，那时也还年轻，相貌也是清瘦的，在马车上，他的目光随着春天的一缕缕阳光投向汴河边的杨柳，投向船上无数贵妇人的脸庞与胸脯……

游人如织，市声都被眼前的繁华滤去了。《清明上河图》就从那一刻开始起笔。老树，板桥，茅舍，牛车，农人，河道，酒旗，僧侣，官宦。天高地阔的画面慢慢收拢，最终成了水泄不通的街市。马车上的景色都是颠簸的。从公交车窗向外看，一切都静如水面。一栋栋建筑立在地上，一枚枚行人立在地上。世界之所以相通，就因为地一直是同一个地。车在地上行驶，这条路和那条路并没有任何区别。但这仅是我一瞬间的想法，当我坐上不同线路的公交，它所通向的地方必定是不同的。每趟车之间，都像是一个志趣相异的人。每一段路都像是一种味道有别的人生。那时候，我只是喜欢寻找陌生的感觉，用一场场虚拟的远行来满足一下心中"无穷游"的梦想。在我看来，公交就像是一个风筝，它既可以把我带出去，又可以安全地带回来。公交一直往东，会把我带向大地深处，大地上有华美的词语，有肥沃的文章。公交一直往西，会把人带向幽邃的山林，春山如图画，一声声鸟鸣，摘来王维和孟浩然的诗句。通过公交，我学会了观看，无论是高深的学问还是平淡的生活最初都是从看开始。在公交上看城市就像看一幅流动的画。你在画外，你是这幅画最初的观众，图像稍纵即逝，下一个路口它又捧出新的……

　　南昌的街道看起来都是新的，和它深厚的底蕴一点都不相匹配，唯独路名老出了厚厚的包浆。建筑和街道都在一代又一代人的思维中改造成时代需要的样子，马已经匿迹了，马车也已经退场了，古老的建筑都回归泥土。路名是这个城市唯一的灵魂，民德路、叠山路、象山路、渊明北路、阳明路。路是没有声音的，它是真正的隐者，大隐隐于市。它可能被修过无数次，但是它始终都在那里。一辆公交缓缓地行驶过来，车到站了。公交说出了路的名字。这是一百年前的路的名字，被一个十分现代的声音说出来。像一个人的乳名在人群中被说出来。公交把自己坚硬的身体深深地嵌入这座城市，作为一个移动的公共空间，它每天都只是负责把一些人从这里带向那里。老人、孩子、女人和醉汉，他们在这个公共空间中成为彼此眼中的路人。路人是没有身份的，就像落在地上的树叶和花瓣，并没有谁为它们说出名字。公交也从来不会记住任何一张面孔，它甚至并不清楚要把作为个体的人带向哪里，它只是默默地行驶，到一个站台然后停下来。只有作为个体的人才知道自己要去哪。去菜市场，去理发店，去酒店，去和一个陌生人见面……

那时，是深夜，我乘夜班车从单位回到住所。夜色中的公交是饥饿的，车厢里乘客寥落。灯熄灭了。巨大而深沉的困倦把人拉入幽深的海底。鱼和珊瑚已经睡去。年轻时，梦会带着人飞，就像年轻的张择端，汴京是他的天空，《清明上河图》是一只巨鸟，他坐在鸟的翅膀上，从天的这边飞到那边。在夜车上，突然睁开双眼，发现周围是漆黑的。唯有身体那么透亮，那么璀璨的光从体内散出来。伸一个懒腰，一不小心就伸到了张择端在马背上打出的哈欠中。

有一回，公交把我带向了城郊的青云谱，那儿正在举办一场有关八大山人的真迹展，那是终点站，最后剩余的七八人走出车厢。男女老少，大家互看一眼，皆陌生面孔，然后各自朝着青云谱的大门走去。这是一个偏僻而又缺少人气的地方，古代就更是偏僻，水塘和稻田成片，天光云影，遗民朱耷就在这里经营着他的剩水残山。公交转眼就消失了，刚才的乘客立马就成了看展观众，在某一张画下，彼此又遇着了。依然互看一眼，就分散了。等到看画的眼睛都有些倦了，身子也累了，那些大饱眼福的观众又在景区外的站台相遇。等公交再次出现，车门又一次开了。乘客们走进车厢。陌生人互看一眼，都埋头玩起手机。也许，这真是一群志同道合的人，对于八大山人，他们都有各自的话要说。可是，在由陌生人构成的社会中，人们最终被与生俱来的谨慎克制了。人们认为，孤独比陌生更可怕。现代人的生存空间已与过去大相径庭。人是世界上最不缺的，人来人往，浮生若梦。而公交亦是虚实相间，它是无中的有，虚中的实。一辆公交在马路上行驶，事实上并不是公交行驶，是人在行驶，人们凭借公交去往别处，公交所到之地，就是人所到之地。一些人看见另一些人，其中多数是陌生人。人们每天都活在这庞大的陌生中，万物不仁，天地陌生。公交就是一万次地把人带到陌生中去，人们在无数的陌生中，寻找着与心灵相遇的另一个自己。

冬之语

当冬天就在几公里外的地方，空气里已经有了冬的气息，你早早地为冬天备好了一个火炉，一堆炭，一壶热茶，还有一束半开的腊梅。坐在冬天的对面，斟茶，寒暄，像款待远道而来的朋友。腊梅是网购的，刚收到时，以为是塑料花。因为在我认识的花里面，花都是娇媚的，舒展的花瓣中藏着无尽的慵懒。花就像是骨子里宣泄出来的情感。但眼前的花却质地坚硬，状如铠甲，深红中显示出一抹深沉，完全像被某种意志给塑造出来的，紧实的花蕾里写满了纪律。就在我为花的真伪拿不定主意时，阳光从窗外来到屋子里，被阳光照射的花束中间突然有火苗蹿出，红彤彤的，然后就闻到了一阵幽香，塑料花的疑窦才终于打消掉。腊梅在古代被叫作蜡梅，它的花瓣上像施了层蜡。被上了蜡的花瓣就像瓷器晶莹的釉面，温润中透出深沉的涵养。我把买来的腊梅插在一个闲置不用的青瓷瓶里，又在瓶中注入清水，腊梅最终被供养起来等待冬的光临。从浴室的窗子看外面的树林，地上疏影横斜。远近有几只斑鸠在林中低语。还有一种鸟，声音特别响亮悠长，三声，只一个音调，不嫌烦地始终重复着，像和尚在敲木鱼。还有一种毫无章法的乱叫，有意地要弄出一点响声。整个下午我都保持着沉默，一个人待着，也的确没有说话的必要性，我越来越觉得日常已经被语言控制，语言已转变成某种权力，显示出它的暴力倾向。沉默就是反暴力。在冬天到来时，在沉默中听风声，听树声，听水声，听心声。把语言从头脑中拿掉，让头脑空出来，就像被清空的大地，等待着一场纷纷大雪。

寒气在暗夜中像一种细小的虫子，它们从耳根或者脖子后面游出来，有时候还会掉到眼睛里。推窗向茫茫夜色中望去，这些细小的虫子就在深灰的底色中飞舞。寒气不仅让人清醒，也让人精神，一向软弱的人，似乎也变得铁骨铮铮了，好像多了些血气。早上出门，看见河边的一些杉树，像箭羽似的倒插在地上，曾经的绿意已经被风霜染成了铁锈红，这种红里面透出一点愠色。寒气在心里聚集，像一条流淌了几千年的冰河又延伸到外面悠远浩大的世界中，马路上的各种声音也在透明光滑的冰面上快速滑动，发出一种类似于宇宙深处里的奇怪声响，空洞虚无却荡漾不止，像无数细小的鳞片在寒风中瑟瑟。

冬天也常给人造成错觉，很多东西都变得真幻难辨。一日，我在冷风中疾走，耳朵和脖子似被什么东西拧了一下。在桥边的阳光里等车，嫩黄的太阳在宝石蓝的天空中形同虚设，好像是纸糊的。一刻钟后，车终于来了。急忙拉开车门爬进后座，暖气像棉花似的被弹得纷纷扬扬，冰的坚硬变成了花的舒展。车里面空荡荡的，只有司机像个摆设，外面天气真冷啊。我向着司机不由得大声感慨，司机没有应话。我东张西望地观看起车窗外的景色，金黄色的阳光在河面上洋溢起一圈圈波光。我想象着外面的森寒气氛，对着透明玻璃吹了口气，很快，白色的水汽就把外面的景色蒙了起来。我的目光徐徐地向着前方延展，前排座椅的靠背边缘有一圈黑色的东西溢出来，猛地发现前面坐着个人，此人像凭空多出来的。没有声音，只露出背的一个局部。甚至背都不是，只是套在背部的一件蓬松的羽绒服。黑色的，像膨胀的诗意。这个人始终一言不发，中途司机有意识地起挑起话头，他也始终像个局外者，仿佛冬天里的一个雪人被搬进了车里。

另一个寒夜，我从五公里外的地方打车回住所，上车闻到一股冲天的酒气，每次喝醉酒，都闻不到自己身上的味道，只是绝对的陶醉或者纯粹的痛苦，但在清醒人的嗅觉里这种酒气却难以掩盖。它们像从一个看不到底的深渊里涌出来，那里面藏着一个热闹的酒局，一桌人觥筹交错，碰杯声与笑闹声把所有人都串联起来。我有意识地摇开车窗，好让酒气透一透，但很快，这种气味又从后座的某个位置冒了出来，仿佛座椅下面有一口隐蔽的深井。我以为司机刚刚送过一个醉酒的乘客，他的气味还没来得及带走。但很快，这个猜疑就被司机给否定了。原来也就在三天前，有一个乘客的酒放在后备厢，玻璃瓶子震碎了，酒水溢了出来。不管司机后来怎么清洗，这种冲鼻的酒味终究是没有能够去除。我以前只知道天热起来，土地里的各种气味就藏不住了，空气里像有一个巨大的酒窖，万物生长的气息沸沸扬扬。没想到，在寒气盘结的隆冬，在一派清疏冷峻中这个酒味会奇峰突起，表现得那么坚硬、顽固！我看看司机，又看看旁边空空的座位，心里越想越觉得骇。那里，分明有一个醉汉，只是我看不见罢了！我又想起了这些年我在寒夜里护送过的那些酒友，他们在酒桌上几进几出以后，原本完整的、连贯的、清晰的语言与意念的堡垒也都一并坍塌了，醉眼蒙眬，身体变成了一堆废墟。我不时地扭转头去。我多么希望在那一瞬，对面果真有一个昏睡的友人，我甚至也想沾染他的醉意：与他在震天的鼓声中狂飙、咆哮。可是旁座空空如也，这让我的内心反而有了一丝落寞。

日子

从一个墙角转过去，就到了春天的盛大现场。

对面的玻璃墙上是大块的云，携带着大量的氤氲水汽。其实春天并不是头脑中的，属于春天的风景始终是一种庞大虚无的存在，它与人的感官世界紧密相连。人是天地的老朋友，什么也不用说，心里早就明白日子移动到哪了。日子不言，它只负责将一份恒常的工作日复一日地重复下去，它把熟悉的风带过来，熟悉的花香带过来。人们一遍遍地被自然的气息熏陶，深锁在黑暗里的记忆也被它唤醒了。纸上的事终有尽头，自然里的消息却在不断地向着远处播散。老子说，玄牝之门，是谓天地根，绵绵若存，用之不勤。这样想，老子的确是有些老了，因为它总在替一块石头、一株树、一座山冈说话，他的语调略显迟缓，好像风吹过田野，它在用山水之眼看人，念念有词："吾以观复。"走在地上的人，走着走着，腰渐渐弯垂。老子呆坐于远处的高冈，他看着日头渐渐倾斜，在行走中渐渐伛偻了腰，一言不发。

看日历，才知道农历的今天又过渡到新的月份，十月之朔。周密的《武林旧事》把它叫作"开炉"，想来大约就是送暖的意思。南方人多不用暖气，不大有送暖的概念。好天气持续得太久，心里竟然也多了一些懒惰与麻木，似乎晴天丽日成了理所当然之事。越是好天气就越不愿意出门，因为出门的人太多，同一件事太多人做，心里就有点不情愿。天下的清高其实也是有两种，一种叫迫不得已，一种叫自作自受，反正清高之举折磨的多是人的肉体。可是，若不让身体感受到一点苦的滋味，又何以能够标榜自己精神上的富有呢。国破家亡之际，披发入山的张岱强忍着"驶驶为野人，瓶粟屡罄"的生活之苦，不得已，他只好拿出当年伯夷与叔齐尝过的更重的苦来安慰自己，精神上的高蹈落实在肉体上总是不好受的，现实里的陶庵简陋得很，寒风屡屡从破窗中灌进来，扰醒睡梦里的张岱，醒后的他，再怎么也睡不着了，与其直直地躺着挨冻，不如在纸上重拾旧梦，当年的热闹与繁华都已经烟消云散，但奔跑的骏马、瓶中的花、镜子里的唇红齿白、魂牵梦绕的笙歌每每以梦的形式出现，让衰老的神经仍然有一些陶醉，原来肉体里的苦也是需要精神里虚构的微醺来化解的。

坐在窗前翻书，石黑一雄的书是近两年才遇到的，莫名喜欢，但都没有完整读，喜欢的书是不需要读那么完整的，留点空白，供自己想象。《浮世画家》购于去年秋天，书上还留有不少当时阅读的笔记，那也是与它热恋期留下的爱的痕迹。这是一本有关阴天的书，不知为何，心里总会想到李商隐或者杜牧，想到多年前的一个早晨，想到颓废而温暖的人生乐趣。很多复杂的情绪只能靠自己慢慢体会，点点消化。

去年今日，在朗润园和诗人朋友们饮酒、读诗。带着微微醉意大步流星地出门寻找地铁，出门是玉盘般的明月。那一夜，为旧历的腊月十四，次日，爷爷朱元庠在故乡茶芜下老屋咽下了他八十四岁人生的最后一口气。冥冥中无形的力量在同样的日子又遣我来到这个园子，月亮却细如发丝，像用工笔描上去的，经历过同样的热闹与欢愉之后，曲终人散，没有谁知晓这个普通得不能再普通的日子与我之间到底发生了什么，好像什么也没有发生。但是悲伤的河流却在无声中漫过了我的身体，并且在其中撕开了一道口子。

重要的日子来临之前往往风平浪静，谁也不知道它寻常的外表底下到底隐藏着什么。

万物皆可爱

我们每天吃饭，穿衣。饭从口入，不久便给肠胃消化掉了，饥饿感再次袭来，于是再次进食。衣服上身，蒙了灰尘与污垢，脱下浆洗，晒干之后，继续与肉身接触。生活便是在这般重复中进行。我们活到老，不过是这样一些简单重复。

今天，龚先生五十岁生日，他大清早跑去献血，这很让我敬重。我们对自己的身体发肤备加关爱，舍不得失去毫末。他说献血的目的，只是除旧布新。淘汰掉身体里一些陈旧的血液，五十岁了，给自己一副崭新的面孔，新事物与旧事物划清界限，新旧之间，从此井水不犯河水。我以前每当陷入生活窘境，也给自己来个板寸。断发固然要下决心，就像革命党剪去辫子才算革命。虽是掩耳盗铃，但有些事少了仪式感便不成立。

龚先生自叹岁月不饶人，自己竟也有了一把年纪了。因为合起手来，恰好就是五十，几十年风风雨雨，当初绚烂的也都归于平常了，接下来一切按部就班，生命到了此时，还有什么看不透的呢？孔子所说的天命，其实也便是自然。自然而然，自然是经历过波折、动荡之后的平静。它并不是完成时，恰好是新的开始。人生有时候是在散步，但有时候也在奔跑，不管以哪种方式继续，人终究是在往高处去的，只有到了高处，心才会平，意才能定。这是一条连自己也无法觉察的道路。迂回反复。人往高处去并不是说人的地位和事业在不断地攀升，而是心里装着的风景与思想更多了，经历在不断地加厚。终于到了一个分水岭上，极目远眺，以前许多没有看明白的东西也一件件清晰起来。众声喧哗以后，有一个内心的声音变得异常清晰。人一旦来到高处，以往看不懂的，现在不费吹灰之力也都已经懂了。许多事也只有经历了才可能看得破。人的一生，经历各种，到头来就是求得一破，像破茧的蝶，像读书破万卷，总之，破了才能寻求人生的圆满、平静。

在朋友处喝茶，遇到一个从事医学的博士。他平生阅病人无数，拿手术刀就像作家每天敲字一样。这些年他感到十分疲倦，对很多事也感到疑惑不解，作为一个医生，他每天都有繁重的工作，自己也被工作折腾得和病人没有两样了。他说医学即使发展到今天，有时碰上一点普通感冒单靠打针吃药，怎么也治不好。有些事，是没有办法去解释的。据他说，前些天一个病人喉管里长了一枚毒瘤，动手术本来是很危险的，没想到那天他在那里默默背诵《道德经》，肌肉拉动，毒瘤就被扯破了，流了许多脓血，生死攸关的病，居然不治而愈了。

我觉得很多东西都有它自己的命。不管是命还是道，里面都存在着一种实实在在的自然规律，许多人，在道与命的头顶扣上迷信的帽子，这是对自然的极大不敬。昨天买了一册台湾学者梁庚尧的《南宋的农村经济》，十分喜欢。对于农村，我一直兴趣十足。因为在那里，你可以很好地认识自然。人不过是自然的一部分。山川、树木、庄稼，原来都与人同根生。自然的种种规律，也便是人的种种规律。我们通过一滴水去想象江河湖泊，想象大泽大川，想象有情人脸上的眼泪。人总是有情的，因为有情，所以美丽无处不在。道也是有情的，因为道亦有情，所以万物皆可爱。

名之随想

　　我每天睁开眼睛打开手机就可能看到各式各样的名字,它们被写在黄榜红榜黑榜白榜之上,有时候名单太长,一个个名字看下来,感觉是在读一种非常奇怪的文体的作品,二言、三言或者四言,他们被赋予某种特别的意义被公之于世,被熟人或者陌生人观看。见者喜或者忧。有时候是喜出望外,比如中了举人的范进,看到自己的大名高悬榜上,一时间居然口吐白沫,疯癫了过去。尤其是血洗鸳鸯楼后的武松居然在白墙上留下了"杀人者,打虎武松也!"八个血字大书,杀红了眼的武松写下此行之后又用眼睛将白墙上的字仔细地端详了一阵,心里升腾起一片满足。积蓄在内心的仇恨与压抑瞬间都被转换成了一种暴力审美。他出神地看着自己的名字"武松",像一个替天行道的壮士出现在那一扇虚拟的墙上。

　　列名单的历史久矣，宋代有元祐党籍碑，当然还有大小寺庙里的功德碑。总之这类榜并不是当世的发明。名字是尘世间游走的另一个自己。人一旦有了名字，名字的意义就大于这个人本身了。在古人的世界中，出名可说是一件非常困难的事，多数的人，应该都处在一种匿名状态，一个人的名字只在亲友之间很小的一块范围里流通。如果按照现代人的思想，肯定会觉得在那个环境中，人们特别想着给自己留名或扬名，生怕自己的一生是黯淡的。但事实上，古人在名的方面表现得却相当冷静，在各种利益面前，他们会理性地做出权衡。比较饭碗和性命，名这种东西，其实是算不得什么的。许多人宁愿隐姓埋名，也不愿高调行事。过分彰显自我，反而容易引来祸患。比如宋代的大多数名画，画家们即使愿意在画幅上落款，做法也是遮遮掩掩的，他们以消隐的方式证明自己只是受命于身后的那个强大的整理性力量。在《溪山行旅图》中，目之所及，险峻的山崖上一线飞瀑，漆黑的树林被冷雨淋湿了，一行人骑着驴或驼正在暮色中赶路，森森寒气让其中一人打出了一个响亮喷嚏。这些内容，最终把画的主体性给确定下来。至于绘画者是谁，在画师看来，并不是需要过分强调的。后代的鉴赏家们借着明烛与放大镜才在画幅角隅的繁枝中间觅得"范宽"二字。浓郁的树影将范宽的脸给盖住了，他退到画作之后。范宽当然知道谁是画的第一作者。事情蹊跷的是，作为一个隐居于深山里的散人，他难道也有和世俗之人一样的顾虑？倘说他也是翰林图画院的一名画师，心有顾虑还情有可原，可他明明是一个隐士，一个坦荡自在清闲的山林之人，他仍然小心翼翼地把名字隐在一片叶子的背面，事情展开来说，的确让人觉得有些吊诡！

我有时张开眼睛，看到天南地北张三李四的名字出现在眼前，但细看，又觉得没有一个认识，心里突然一阵恍惚。天下阔大，浮生如寄，居然没有几个人是我认识的。但是我的理想却并不在认识他们，我有时连自己的名字都觉得没有必要记住，一个人在屋子里读书睡觉或者在山野里劳作是不需要名字的。人们之所以需要名字，那是因为在世俗中还有太多羁绊与牵累。有些人是常年活在自己名字里的，这不由让我想起契诃夫的小说《套中人》。他们真实的身体被坚不可摧的外壳所包裹着，只有在夜深人静才敢把头露出来。名字已经成为了一件非常滑稽的事物，白天它始终处在一个被反复确认的过程中，它被一支签字笔或者一枚重重的印章制造出来。签字与钤印的人，看看眼前的这个名字，觉得似曾相识。眼前的这个人到底是谁呢？就像今人在古人的作品面前，常常会有一种常见的困惑，隐藏在伟大作品之后的那个人，他到底是谁呢？王希孟、曹雪芹、董源……那个人好像是这个名字又好像不是这个名字，而不是那个名字的他却一直在那里，他在以未名的形式存在，在一种模糊的视野中，他们有形却又无形地存在着……

进退之间

在我所接触的朋友里，其中有很多是已经退休的老先生，他们从工作岗位上退下来，退下来日子就变得清疏辽阔了，过去许多不能做的事现在可以做了，过去许多没时间想的东西现在也可以想了。他们已经从机械轨道中彻底撤下来，与美丽富饶多姿多彩的生活来了一个热烈的拥抱。人一辈子，大多数时间都在思考着进步的问题，要求进步也意味着积极、向上。《朱子语类》说："为学须先寻得一个路径，然后可以进步，可以观书，不然则书自书、人自人。"读书人如果找不到进步的通道，读书也可能读得走火入魔，浑身是病；找不到黄金屋、颜如玉都属次要，书很可能成为面目可憎之物，让人看一眼就作呕反胃。进步给人带来的，不仅仅是成就感，给人以飘飘然的幸福。在阻且长的跋涉中，它也给人的精神里注入各种暗示。翻卷红旗过大江，嘴里虽然念叨着行路难，行路难，但脚步不管怎么样，总是在往前迈，脚底下总是有一股豪气。处于进步中的人，总是感觉不到行路的难的，人被一个力量推着走，一路狂奔，或者小跑，刚刚看起来还很远的山丘，转眼就绕到了身后，内心沾沾自喜。可是不知不觉，进步不止，人生就走到了退休的边缘。

退休以后，人就变成了一个散人，散人和散文一样，写哪算哪，不再像构思骈文，需要有那么多套路与讲究了。散就是天马行空，从讲纪律、不逾矩，到随心所欲。随心所欲并不是真的肆无忌惮，而是内心多了一些能够自在的底气与资本，人一旦真正地自在起来，浑身上下都好像是凿了孔，原本实心的，也变得通透了。人生的快乐也许正是来自于两种对立面之间的转换。困成烂泥时，正好有一张接收困倦的床或椅子，困顿被转换成陶醉的鼾声。饥饿时，有一桌美味让人大快朵颐。雪中送炭与久旱甘霖的滋味都让人感到兴奋、满足。特别是紧张与担忧之后的放松与解脱，更是让人喜形于色。不同生命状态之间的转换，让枯燥乏味的人生因此多了许多的生机与乐趣。

前几天为一个刚刚从工作岗位退下来的老先生举行庆祝晚宴，老先生几杯烈酒下肚，顿时话就多了起来，他平常并不怎么爱说话，说话都是说紧要话，大多数时候是不说话的。不说话的他，更加显示出一种威严，人们都不敢和他说话。现在他变得一下子亲和起来。好像有意识地要和大家交朋友。退休是一件非常光荣的事，退了休时间就属于自己了，自己的时间可以用来去菜市场买菜，也可以和暌违已久的老友见面，还可以买一张去远方的高铁票，然后在自己生活了几十年的城市中消失一段时间。退休就是让自己从一个紧张的氛围里解放出来，从众声喧哗回到三两个人对话的氛围里。尽管我对退了休的人——他们时间的布局展开过各种合理的假想，但我终究还是有疑惑的，生命中突然多出来的大把时间他们是怎么消费掉的？练书法也不至于成天练书法，打太极拳也不至于整天打太极拳，钓鱼坐在水边一整天难道就不嫌无聊吗？总之，我发挥着自己天马行空的想象，觉得他们无论如何也习惯不了这种清闲缓慢的生活。但奇怪的是，见面他们居然都一个个过得挺好，面色红润，中气十足，头发油光水滑，始终保持着过去许多年来的发型。退休这件事，好像是从来没有发生过。人生说白了，就是一次次无条件地接受，接受现实对自我的改造，接受岁月这把杀猪刀对自己的伤害，接受进退之间的微妙转换。哲学家说，我是谁呢？"我是谁"这个问题，暂时谁也回答不了。最淡薄的心态就是一句"等着瞧"。"等着瞧"就是事情只有发生了，才可能有答案。这一刻的苏格拉底也未必真懂下一刻的苏格拉底，面对错综复杂的现实，谁也没有办法说清楚自己接下来将经历什么。

卷

二

Volume two

两地书

阳明先生：

当我落下此笔的时候，我们已相隔整整四百九十五年了。

先生当然不可能知道我的。这么漫长的时间，足以让很多的事情发生又消失掉了。死亡是经常性的，最关键的是，死亡之后的遗忘，更让人绝望，遗忘充满了否定性。虽然，绝大多数的事物最终都将成为沙砾或野地里的狗尾巴草，但先生是极少数可以在肉身已去的情况下做到思想不灭的。

很多人拜于先生门下。好像不只是为了求得学问，而是求学的路上，往往要走很长的暗路，但因为有了先生，他们的心里便有了明炬。我和先生的缘分，其实在我出生的那一天起，就已是命中注定了。谁能够料到我会在一个叫"左营背"的地方出生呢？在多数人的眼中，这个地方，其实并没有什么特别，它只是城郊接合部的一个并不起眼的居民区。生活在其中的人，往往比单纯意义上的城里人或者乡下人的日常空间多了一重。他们的生活通常具有一种延展性，经常是兼顾两份工作，这里的一天，看起来就像是别处的两天。当然我对于这一切，都没有什么兴趣。生活的五光十色会让我觉得琐碎烦人，它们充满各种假象，事情过后，都将回归于一个地名。地名才是最有能力把握的一点。

左营背可想而知，也便是左营房的后背。我在无意之中，看到过明朝天启年间修撰的《赣州府志》，地图上有一点被标注为大校场，校场也便是旧时军士操演或比武的场所。直觉告诉我，地图上的大校场距离我家的位置并不会太远。但这似乎也并不能说明什么，难道有了大校场，就一定能够遇见先生吗？先生的天地宽阔呢，京师、钱塘、绍兴、舟山、山东、安徽、贵州龙场……，哪里没有留下过先生的足迹？

但我想，先生必定是来过的。正德十二年（1517年），先生就站在这儿。靴底必定是沾着这里的土的。

那时，先生胡须如刺，像片茂密的森林，但森林早早地就已经呈花白色了。距离龙场的那段至暗时刻，一眨眼就九年过去了。不过时过境迁，当年处心积虑设法陷害先生的那些小人而今都已经命丧黄泉了。他们的德行不足以支撑他们活得太久，阻碍先生精进的负面能量都一点点退去。而今先生的心境也与从前大不一样了。经兵部尚书王琼的特荐，头一年，先生升都察院左佥都御史，巡抚南赣汀漳等处。这年，先生四十五岁。作为一个男人，你与妻子诸氏完婚至今，竟不曾让心爱之人怀孕，这让你感到沮丧，到底是哪出了问题呢？你来不及想。十万火急，这是赣州，闽粤湘赣往来的要津。这里的土，除了盛产茶与采茶戏，也盛产流民与匪盗。而这些匪盗的成分往往又极为复杂，他们白天耕种，貌似良民，晚上却遁山为贼，甚至不少当地的里甲编户和畲、瑶土著也混在其中。加上此地又多是高山大谷、茂林荆棘，历任的地方官们对于清剿盗贼一事都颇感到头疼。

但这一次，你必须将他们给扳倒。时间一晃，你就在这个世界上经历了四十五载，你握笔的食指胼胝厚了，因为舞剑，手心胼胝也厚了。这些发黄的老茧，让你逐渐成了一个骚人，但一个"骚人"，岂能够装下你呢？现在，你不仅不再是早年耽溺佛老、求仙问道的那个王守仁，便连后来矢志倡明儒家圣学的阳明也不完全是了。你可是在龙场说出过"圣人之道，吾性自足，向之求理于事物者误也"的惊世之语的。你说出那一等话的时候，整个人都好像被烈火淬炼了一遍。龙场的生活环境实在是太艰苦了，南方的溽热潮湿让你感觉到非常地压抑，你四肢乏力，头脑昏沉，你整天恍惚得像一个精神病人。你被命运彻底地困住了，但外部环境对自己越是表现得不利，生命的内在能量就越充足。心外无物。说得并不是心外真的无物，而是心外真没有什么可以依靠的了，心是唯一能够抓住的。一个有能力把握自己的人还有什么事物把握不了呢？你生命里的贵人王琼举荐你来南赣剿匪，其实看重的，不仅是你心里的那一股硬气与光明，也是你心里的仁慈与智慧。

向来被遏制、被封锁的内心一旦找到了释放的空间，人生便有了开阔的舞台。你锋利的剑终于有机会从剑鞘中抽出了。抬望眼，心中的光芒和火焰也一并抛向了天空。你终于获得了一个属于自己的外部世界。你不仅要让那些山中贼感到惧怕，最关键的，也要让他们能够"致良知"。所谓的良知，便是分辨善恶的能力，一个真正的文明人必然是有着强烈的羞耻感的。在龙场的那个漆黑的石墎中，困顿中所有的悟，最终都是为了解决一些道德问题与现实问题。先生是一个明白人，悟多少的道，关键还在于有用啊。这世间最怕的，就是英雄无用武之地；学富五车，终于无用，岂不悲乎。现在，先生终于可以用胸中的"自足"去收拾、教化那些贼匪了。我知道，先生其实也并不想把他们杀死。从根本上说，先生是一个儒者，始终讲求的，是仁义，是道德！对于一个传统儒家的人而言，立德、立功、立言的三不朽才是先生安顿生命的基本的方向。"悟"的目的，最终也便是为了抵达这个方向。

在南赣，先生主要的精力并没有花在平定乱事上，虽然你也下过狠心，擒斩了一批贼匪，但目的，却并不在此。把贼子的头颅从脖子上拧下来有什么难呢？要把一颗真正的仁义之心嵌入身体才叫难呢。你所做的一些工作，包括确立南赣乡约，办社学，兴修书院，哪一件不起着教化人心的作用？你明白，所谓的贼，本质上也都是民啊。你像一个能撬动巨石的壮士，要把贼子既已偏离的思想扶正。真正的贼是在人的心里的，在那个滚烫又柔软的部位，那才是真正的贼府啊。

"破山中贼易，破心中贼难。"在南赣，先生在写信给弟子薛侃之时，此行字必定是用朱笔写就的，那是心之颜色，是用心调成的黏稠的墨汁啊！

往事已矣，我从出生到十二岁都居住在左营背，后来左营背因为拆迁离我而去。我在很多份的简历中都会特别地补上一句，我是在这个地方出生的，事实上，这个地名已不复存在了。城市日新月异，曾经存在过的很多地址都找不到了。现实中的左营背我永远是回不去了，可是许多东西当弄丢以后，往往将成为一种更加深刻的记忆。先生曾经点兵用过的大校场虽杳不可寻，但我一直想象着它的存在。校场的功能远远不在于军士操演与比武之用，它也是一个出发地，浩浩荡荡的大军就是从这里奔赴战场的。旌旗蔽空，横槊赋诗，先生当年龙场悟出的那些道理，而今都将派上用场，日积月累的思想资源在实践中一旦证实了它的价值，这种思想自然而然地就被人奉为了"绝学"。

初寒，不尽。

后世某某：

当你看见此书之时，我早已不在人间了。

死亡的生命已经朽腐了。我对于这朽腐不能说欢喜但也不至于难过。死亡是再寻常不过的。谁能够阻止死亡的发生呢？有生自然便会有死，有死亡的人生才堪称完美。命运既然将我安排到龙场这个地方，我欣然接受。其实我早已经死过几回了。谁让我那么喜欢说真话呢，一个喜欢说真话的人他所走的路注定要比普通人曲折多了。廷杖的滋味真让人觉得生不如死啊。这种酷刑也不知是哪个"聪明人"发明出来的。首先廷杖的材料就非常考究，通常用坚硬的栗木制成，击人的一端削成槌状，外包有铁皮，铁皮上还有倒钩，行刑人如没有打点，往往一棒击下去，再顺势一扯，尖利的倒钩就连皮带肉撕下一大块。血肉之躯哪经得起这般折磨。很多人没等到行刑结束，就已经一命呜呼。所幸，打我的那个衙役是个新来的，打得太不用心了。我才因此逃过了一劫。伤口愈合之后的疤痕，长成了莲花的形状。

对死亡而言，我并无任何的恐惧。我说"惟生死一念，尚觉未化"。我所焦虑的并不是生死本身，我的胸中始终处在一种"洒洒"的状态。只不过有些疑惑需要用更漫长的生才能参悟得透的。孔子说"朝闻道，夕可死也"。被思想的光明所照耀的死亡，平静得近乎安详的水面。孔子最放不下的，是斯文与斯道。

这是比物质和肉体都更加重要的事物。

现在，我已经一无所有了，什么依靠与着落都不复存在。除了呼吸和心跳以外我还有什么东西可以丧失的呢？夜晚的山洞就像是一口幽深的古井，石头上水滴的声音充满了我的意念。我的头脑是另一个更加巨大的山洞。比白天要更加地敏感、清醒。我睡不着，只好端坐澄默，空气与微风的荡漾都能够被我的意念捕捉。我设法让心彻底地静下来，回到"一"的状态。"一"是世界上最长的一条水平线，树叶落下来，水落下来，云落下来，倒影落下来，激动与悲伤的心情落下来，诗落下来，万事万物纷纷地落下，它们最终都被这条清心寡欲的水平线稳稳地接住了。私欲和障碍都被层层剥落了。心性的本体就像海底的红轮开始转动了。所谓的"圣人之道，吾性自足"，其实是在意念彻底地清空之后获得的另一种更加真实的"有"与存在。

每当我想起孟子说过的话"万物皆备于我"，我就会想起自己年轻时候"格"过的那一丛竹子。那些竹子现在从我的胸中旁逸出来，风姿绰约。竹子岂是用来"格"的？真正的竹子都青绿在人的胸中。包括龙场周围的那些溪水与丘陵，都可能成为我的胸中的丘壑。

思想之间，饥肠已经有了轱辘声了。我得赶紧去淘一点米，毕竟"致吾心之良知于事事物物"。谋食终究是为了谋道！守仁，善自珍重！

隐

　　暮色像冰冷的河水，把朱耷的纤长白皙的手指染成了青灰色，他把手缓慢地举起，广袖将他的脸给完全遮盖了。他看着手的颜色正隐于逐渐加深的夜色，蹙得紧紧的眉头也慢慢舒展开来。

　　朱耷和他的家人，最终还是成为漏网之鱼。他到底是从哪条街巷哪座城门游弋出去的，史学界终无定论，包括奉新县里曾经收留过他的耕香寺，究竟在哪，同样众说纷纭。世俗里的朱耷已经杳不可寻。但是寺庙这地方，顶多也只是让他歇歇脚，暂时喘口大气。十九岁的他，无论从哪方面看，都不具备隐的资历，他只是一个逃荒避难的贵族后裔，一个被血腥杀戮裹挟的无辜者。但是，中国的绘画史需要他来认领这份苦难。此前纸上的水墨，要么太狂，要么太板，画家们的脸一律蜡黄无趣。那一缸墨磨好，需要他伸笔进去蘸一蘸，把墨泼开，搅动纸上已经十分沉闷的空气。

是这支笔让朱耷的遗民身份彻底得到隐藏。

这杆笔就像传说中的一种隐身草，握在手上，身体便能隐没不见。但是甲申年笼罩在天地间的巨大喧哗已经让大明分崩离析。火光、刀光、哀号声、铁蹄声让朱耷的身体完全僵硬，他试图以改头换面的方式将自己隐藏。

他把发削了，抓来一件大大的僧袍。他将自己装扮成一个又聋又哑的呆子，面容沉静，专心打扫庭院。他并不急于受戒。一株从世俗里移植过来的树，根上还带着世俗里厚厚的土。世俗里的疼，一阵阵从身体的隐蔽部位传来。

半夜，他被噩梦惊醒，原来是一声焦雷，把屋檐上的瓦片掀去大片。首先是父亲朱谋觐暴亡，接着妻子亦亡。两具生命的陨落像在他心上扎了一枚枚钉子，他满含泪水与恐惧，舌头紧紧地抵住上颚。一方面他需要把自己打扮得更像是一个出家人，另一方面，又不能忘记这亡国的恨与亡父之痛。每天早晨，他叮嘱自己多遍，千万不能暴露事情真相。可一到晚上，生离死别的画面就像电影似的重现。他发现僧袍的作用只是让自己的身份暂时得到遮蔽，长此以往，心里就像顶了杆枪似的难受。

于是，他设法找到一种既能隐又能显的办法。他终于想起了那一杆笔，那一杆笔能把悲愤的情绪痛快地抒发出来，同时还能给人造成一种错觉：一个整天在纸上涂涂写写的人，与外面厮杀的环境怎么可能存在关联呢？但是朱耷硬是巧妙地把各种情绪思想隐于纸上。他给自己刻了一枚古怪印章，图案似乎是鹤，仔细分辨，才能看出是"三月十九"字样——甲申年的三月十九，朱家的天地彻底沉沦。他在每幅画的空白处，都盖上这枚长条形的印，以此锁住这段刻骨铭心的记忆。

他有时也画上一块石头，却并不把它画成一个瘦骨嶙峋模样，那种石头形态过于婀娜，美得简直让人忘记黍离之痛。他要把隐在骨子里的傲气与积愤一丝不苟地画出来。所以他就不能把石头画成透、漏、瘦的秀女子，而要把它画得面貌笨拙、骨骼豪迈。为了让它看上去有点桀骜不驯的气色，于是就索性画成上大下小，头重脚轻，像个醉汉。醉汉是完全不把眼里的世界当回事的。看见一片水洼，他跳进去，看到一堵墙，他也撞上去。尽管衣服湿透了，头上隆起一个脓血大包，也并不觉得冷，不觉得疼。因为那些都是清醒人的意识，醉汉是无意识的。有时候他的笔轻轻一转，一条方形的鱼便顺势游了过来。那些鱼有的似乎长了脖子，能屈能伸，还有的似乎长了翅，能扑能飞。特别是转动的白眼珠子，它们从人的眼眶里搬过来，在一条鱼和一只老鹰的眼眶里转。如此一来，遗民的情绪隐藏于鱼和老鹰的体内，没有谁会去追究一条鱼是否有复辟之想。此时的朱耷，由内而外，将整个自己隐于笔端，像一滴墨融在另一滴墨里。

现在，既然他抓住了这根隐身草，那么就意味着再没有必要成天待在寺庙里扫地、打坐、念经了。他也应该去尝尝世俗的味道。他在南昌绳金塔附近的巷子里鬻画为生。在茶室酒肆附近，摆张木头桌，随意耍两笔。一些过路人围过来，看见一杆笔在纸上飞，偶尔有一只鹰从纸上蹿出，缩颈、鼓腹、弓背，露出一足。没有谁敢往鹰的眼睛里看，只要谁看它，它就睥睨谁。谁也不曾料到，画家是在写国破家亡的恨。他凭借这支神笔，既做隐士，也身兼勇敢的复仇者。

当他第二回摒绝尘世，生命已经转到了第三个本命年。

这时候，他头上的戒疤与周围青色头皮也已经模糊成一片了，那杆笔和他的生命也成为了整体。笔有时被藏于袖管，有时索性被当作发簪子。这回，他绝尘而去，并非为保全性命。自从有了这一杆笔，朱由桵这个人就彻底消失了。朱由桵之名已完全被朱耷取代。事实上，是朱由桵还是朱耷已不再重要。隐与不隐，由他自便。不过他最终还是复得返自然，他把住所选择在城郊十五公里外的天宁观。如果说，年轻时出尘，是为保全性命，那么这次完全是为艺术出走。

　　此时的朱耷，早已经成了一个真正的隐者。让他成为隐者的，是他笔下的禽鸟与墨荷——鬻画所得，足可以满足生活日用了。他再也不必为生计而忧心忡忡，甚至颇有悠闲的余裕。房前屋后，学陶渊明种几株菊，养几只八哥儿，摇椅上睡个香沉午觉，梦的对面是乌鸦和稻田。此时天宁观，也非完全的道观了，它还充当起朱耷的私人画室。但他考虑到这个道观的根气实在太深——不但许逊治水在这里开辟过道场，周灵王的儿子还在这里炼过丹。它与周围的环境相互渗透，但"天宁观"之名是无论如何也不能用了。天宁观为宋仁宗敕赐，寓意四海清宁。自从甲申国破，日子何曾有一日清平。可不叫天宁观又叫什么好呢？意念从他的眉宇间倏然闪动，他顿时想起了吕纯阳驾青云而降的神话，索性就将其命名为青云谱。青云谱的出现，使朱耷一下子变成了一个道长。当然那时，也还有人称他为画画的师傅。但不论别人怎么称呼，朱由桵这个名字都像一枚刺青，刺在他的背部。猛然间他会像疯病人抽痛一阵，这种痛，让他咬牙切齿，手脚抽搐。一旦抽搐，他就要把那杆笔抓过来，在纸上悠悠忽忽乱涂一阵，纸在他的手上旋转，道观周围的水田、池塘、阡陌、农舍、禽鸟、荷、菊、石头也被卷入他的笔墨。纸皱巴巴的，看起来有强大的气流经过，笔呼呼作响。笔一旦停下，石头和芦雁复回到从前的安静。一切都不曾发生似的，丝毫捕捉不到有飙风从纸面经过的痕迹。

尽管画幅里的内容，都可以轻而易举地在附近找到，但仔细端详，又觉得不像。譬如自然中怎么可能存在瞪眼看人的鸟？鱼又怎么可能是鼓腹瞠目的呢？丑孔雀画得也太怪诞了！这一些，其实也无怪乎他。当年朱耷搬到这里的愿望，无非种花养鸟，闲来画两笔，只想把自己当闲人养。他以为但凡有了这杆笔，不但能够将"朱由桵"隐藏，还能和古往今来的隐士一样优哉游哉，聊以卒岁。

但事实告诉他，甲申年尽管被时间的长河逐渐拉远，但越遥远的事在日渐苍老的头脑里便越清晰，清晰得让他恨不得告诉天下人此时的朱耷其实就是当年南昌城里的朱由桵。但事实上，不管他把这个声音叫得有多么响亮，也没有人在意了。因为时间已经让外面的世界发生了微妙的变化，原本不共戴天的两股势力也渐渐地趋于和解了，即便是坚持抗清这么多年的黄宗羲，也觉得自己这代人的仇恨没必要延续到下一辈人那里去，他把儿子托付给清廷，希望他能够为清廷做点事。思想领袖们的所作所为，让一种新思想在遗民中间蔓延。

花甲之年的朱耷到底选择了还俗，世界变动不居，他也觉得着实没有必要让自己继续隐下去。至此朱由桵早已经不再是朝廷追捕的对象了，这么多年过去了，他让无数的禽鸟替他直直地翻着白眼珠子，说实话，也已经翻够了。他也很想让它们持青眼看看人世间，让一条变形夸张的鱼回到正常的状态，在水里轻轻松松，自由来去。

原
上

　　冷雨落在秋天的原上，炊烟从庭院里升起。一切都是从前的样子，秃的山被冷雨淋过，白的更白了，被白色点缀的深褐中透出一抹清亮，这是西北。尘土没有被风吹起，而是被雨水卷入干涸已久的河道。

　　原的四周是群山和白云，原上是一望无垠的土地。野草与庄稼就在这地上，一岁一枯荣。将士的脊梁融进黄土，剩下农民佝偻的腰。持剑的铁腕锈蚀了，剩下握锄的手。原上不见高楼，低矮的建筑在土地面前始终卑微。雨天，人少，几里地只能看见山，山体暴露出黄与白的皮肤。风化的断崖上偶尔有鸟经过，人家的门帘是白色、红色与蓝色的。院子里种着梨和柿子。猫、狗、娃、暖炕、香蜜、大饼、香茶装点起本地人的日常。

我所说的这个院子，就是青年诗人小马的家。那时他每天坐在家里写诗，有时候也跑到山梁上去找灵感。我从他家的院子里放眼望去，莽莽苍苍的野地，他每天面对的就是这样一个地老天荒的世界，在远处白色石头上，我在想，是不是老子抑或庄周正好就坐在那儿，抚琴吹笙？这番画面，常常会在我的脑子里回放，尤其是当我回到被现代化气息包裹的城市，我就越来越觉得自己是从西周或春秋的年代穿越回来的。只不过，那好像是一个梦，过于短暂。

在这个环境中，我就明白了人类为什么有能力发现自己，产生一种"自我"意识了。古人讲，反求诸己，吾日三省吾身。人类之所以能够意识到"我"，意识到"我"的存在，从而建构起属于自己的文化与历史，其源头就是这种庞大而美妙的疏离感。这种疏离感与现代人类所感受到的孤独并不一样，它的意思是疏朗与分散。地广人稀，人的视野中长时间存在的是山野、白云、草木和鸟兽。浮云游子意，落日故人情。人的周围是活泼泼的自然。我们可以想象一下古人的生活，和他们所处的境地、他们的内心，虽有家国天下，但更多时候，他们像陶渊明或者嵇康那样陟彼高冈，拔剑四顾，在烟雨中，那个看似明确的家国，很快就模糊起来。在庞大而松散的世界中，他们想到的更多的是渺小的"我"。

可是，诗里的固原并不出自于这种疏离感，而是来自于金戈铁马的沸腾场面。确切地说，是作为边地或边界的固原让它在大地上有了诗意。此前，固原也称大原、高平、萧关、原州。从这些名词里，大概就可以嗅到烽火的味道了。唐末，固原陷于吐蕃后，先后侨治于甘肃的平凉、镇原。距离此处不远，便是庆阳，范仲淹曾在那儿写下了一首《渔家傲》。这一带，一直是古人认为的极北之地。

这个秋天，我和林混兄就坐在这被古人认定的极北之地谈论诗歌。我们的话题一度停留在一首名为《采薇》的诗歌之上。秦时明月汉时关，两千多年前的城垣已经成了原上的一道不太起眼的土梁，两千多年前的诗却高高隆起于纸面，城垣的棱角都被时间磨去了，诗也被后来者读出了厚厚的包浆。土垣在大地上的样子就像流过血的伤口上结出的痂，大地绿油油的，种满了玉蜀黍，本地人的口粮就在这一望无际的绿色之中。

城垣原本是用来流血的，两千多年转眼过去。城垣当初的功能也都相应地撤去。我站在秦长城上，从眼下，一步步走向秦的疆土。那里有雨点般的马蹄，有笙与编钟的合奏。脚下这粗硬的土梁曾经就是秦国的地界，在这条界的对面，是猃狁与羌。是一个比一个强劲的对手。这不只是边地、边塞，也是不同血型与肤色的人共处的地带。在这条界线上，制造着战争与生离死别，还有因为各种情绪而发出的声音。《采薇》从某种程度讲，就是上古时代留下来的一盘磁带。那是一具具鲜活的生命在现实世界里的发声。"采薇采薇，薇亦作止。曰归曰归，岁亦莫止……行道迟迟，载渴载饥。我心伤悲，莫知我哀……"这些话，从一个男人略带沙哑的喉咙里重重地吼出，它像一张音色浑浊的琴。在他道出这些心事时，鸟叫了一声，一枚响箭穿林而过，风把路旁的杨柳吹得窸窸窣窣，但那些响动很快就消失了。它们被旷野上巨大的寂静吞噬，唯独这个男子的声音清晰在耳。

可以想象，周王派出的军队浩浩荡荡，甲胄不计其数。但是这一切都是无声的，只有这位解甲的征夫纷繁的思绪化为声音，他把自己幽幽的心事说与众人，他隐隐地意识到，他并非只属于自己，他也属于他的妻子和整个世族，属于那面猎猎作响的大旗。显而易见，他已经被编织进了一张巨大的网中，在这张结实的网里，不仅写着忠义和廉耻，还写着一整套由儒家所确立的人伦关系与家国理想。

天近正午，当我们看到白色的石头和裂开的巨大的河谷。我首先想到的是化蝶的庄周，他是逍遥而自在的。他的思想里，是被白雪覆盖的大地。远远地，从一个貌似土堆物体的后面走出了一个人影，他的脚步踉跄又带着些许的激动。原本混沌的世界也被瞬间出现的人影带出了一些生气。随着脚步声的临近，解甲的征夫粗重的喘息逐渐明显，家国天下的权力结构以及人在其中的角色意义也渐渐浮出水面。

早期的儒家经典中常常援引《诗经》，《诗经》原本是一部自然之书，它写出了远古人类的生存之道与生活之趣，写出了自然之美与人情之常。但儒的出现，却把诗引入了深远之意与精微之蕴中，它也因此成了一部不断被注释被解释被引据的书。采薇采薇，它们由事物的本体一步步参与到庞大而复杂的社会秩序的建构中，进入到人的明德与修身的日用中。所以孔子喋喋不休地说，《诗》三百，一言以蔽之，曰："思无邪"。我想，孔子所说的"无邪"并不只是轻浮与狎昵的反面，它也意味着宏大主题的严肃反映。

两千多年前，在无边无际的原上，薇菜的新芽已经在初春的大地上吐露。一个从边地归来的征夫，他的脚印中何止裹着边塞的土，更有旭日的七彩在其中闪烁。

景与境

晦暗的天光就像一本长了水渍的旧书。空气湿冷，鸟声空阔，声音好像并不来自旷野，而来自于头顶的某个部位：像水流一样汇入意识，那么响亮，骄傲。傍晚是一个异常宏大的词，它无始无终，连绵不绝，像一个空洞的概念。但就在这个不切实的概念中，突然有了一声声鸟鸣。那么清晰，美妙，好像单调乏味的绿色中突然燃起的一树桃花。阴郁的内心里也有了一片明亮。好鸟鸣春，这种心境下的鸟声仿佛也只有在一年中屈指可数的几日才有。

比较起秋老虎，春老虎更是凶猛。春风让人丧失斗志，比起纸醉金迷，春风就是彻底地让人归顺、沉迷、忘我。昨天在楼下的阴凉中走了一圈，整个人都被风给吹化了。但是一夜之间，热气就从土壤里蒸腾起来。身上黏糊糊的。眼前顿时窜出了一只吊睛白额大虫，让人惊出了一身热汗。

当空气成了花的香气，你开始注意起自己的呼吸，往日谁会去在意自己的呼吸呢。但是有了花香，呼吸也变得隆重而热烈了。有时候，几种不同的花香扑鼻而来，就像一个炉火纯青的书家，笔画中透出纷繁的笔意。四月的空气里，到处都是学问，这种空气是有涵养和质量的。四月是一个无处安放的季节，土里拿出了那么多绿色和生命。到处都是绿色。它们被随意地搁在路边。就像搬新家，突然搬来了许多物什，很随意地搁在屋子里，来不及收拾。绿色里有种阔绰之气。取之不尽的绿色像滔滔不尽的灵感，看哪哪都是绝妙好文。

在一个街道的拐角，蓦地看到院墙里有一树花开得盛烈。刚开始不敢认，近看原来是玉兰。花开得那么从容优雅，好像一个白衣少年从人群里经过。花香像水似的，一阵阵地漫过来。身体好像被什么东西推了一下，迷人的花香到底是将人吸引了过去。隔着生铁栏杆，花的气势已经涌到墙外。人们从这个拐角经过，不经意地就要抬头张望。春天也许并不来自于醒目的绿，它的发端正是这样一树树纯粹的白，白得忘情。许多的生命都是从花开始的，而春天的气氛正是被高处的这些花所点燃。

　　有好几个晚上，我都来到八境台下，对着面前的楼台还有一棵黑漆漆的桂花树一言不发。我大概是想格一格眼前的景物，同时也让景物格一格我。昨夜的景又在今夜重现了，每一根枝条上都有明亮的星，都有繁艳的花，水里的楼台也是昨天样子，包括空气里的花香还有一些瞬间的感觉都与昨夜一样，但眼前发生的，的确不再是昨夜发生的。这些相似的景在眼里次第开放，开放之后，立马就消失了，眼前的景已经是一万次的凋谢与开放后在我眼里的样子了。景之所以不断地再现，是因为景也有一种执念，它是想把我心里的境唤醒。唤醒心里的境需要眼前的景一次次地做出牺牲，就像催长春天的欣欣景象同样需要无数死亡的力量参与。

碑考

这几天，心头总是想起一块碑，这块碑其实我也不知道它在哪，据说在某画院的院子里。曾经，这碑我是见过的，那是网络上流传出来的一张老照片，某年某月某日，那碑就立在南昌老城里的某块空旷中，它被春阳照得雪白，字因为是阴刻的，阳光不能抵达处，反而逼射出一道道漆黑的亮光。像一个思想者深情的注视，碑上"百花洲"三个字就这样从平面中深刻进去。我凝视着这块干劲硬朗的巨碑，一时浮想无限，好像某年某月某日我便是那看碑的人。

但很快，它的模样又在日常琐屑的碾压中化为齑粉。久而久之，我也竟忘了这世间还有这一块碑在。临近新年，杂志因为更换封面，刊名的字体也想变一变，于是我与美编商量，想从古意中抽来一丝新意，于是这块沉在水底的碑又悄悄浮起，成了摇曳在我心里的烛火。中午从屋子外的呼呼北风中回到温暖如春的楼上，正要坐下，突然这块碑又被心头的意念聚集起来。于是，某画院我就觉得非去不可了。

天可是真寒啊，我朝僵硬的手掌哈了一口热气，冷风从波光粼粼的湖面上吹来，利如刀刃。游人寥落，匆匆路人将自己严实包裹。出门匆忙，衣服穿得单薄，冷风一遍遍地穿透我的身体，对着湖水猛地打了一个喷嚏。某画院建在湖边，青砖红瓦，旧式洋楼，往日楼里的刀光剑影被装修以后，面目一派雅致。院子外安装了电子门，保安也因为天寒而放松警惕，立马就为我开了门，我径直地朝院内走去，心里念叨，这块碑到底藏在哪呢？四顾茫然，一无所获。手也冻成了青紫，里面似乎涌动着一团冰冷的火焰。突然大厅里的一个名为"赣风起"的画展，将我吸引。展览其实并未开幕，工作人员忙于布展。工具与画框散落一地，展厅的角落里，有一堆黑漆漆的东西，我近前端看，是堆碎石，被玻璃罩住了。良久，竟不敢认，难道这就是我要寻的碑吗？"百花洲"三字几不可辨，那一刻，仿佛听得见清亮的脆响从云中传来，碑体上贯穿有一道激烈的闪电，碑断成了数截。

碑当初到底经历了什么，原委一概不知，是什么力作用在它的身上，竟让它粉身碎骨。我无数次地以为，照片里的那个风和丽日的午后，以及那块明亮、硬朗的巨碑就藏在这座城市的某个隐蔽角落，只是因为我是外地人，不熟悉这座城市罢了。但终有一天，它会从一个转角或者某个窗口涌入我的视野，让我的心怦怦直跳，不想它出现得这么快，结果是这般惨不忍睹。像一个意气风发的少年突然就走到了风烛残年，过去的脸上的神气与风采早已经是杳不可寻，只留下一副羸弱多病的躯体。这与我想象的碑完全不是同一块了。

时间有时也极为残忍，因为惯性与经验，许多人与物总以为是一成不变的，可谁又说得清命运里的遭逢会把当初的他篡改成什么样子？于是，本打算将碑文上的字体用作刊名的计划也因此落空，而网络上的老照片又因为其小盈寸，像素实在低得可怜。与美编商量以后，此事也只好作罢。

又有一日，在家中闲着无事，又在网上胡乱地翻找与这块碑有关的消息，现实世界里无果的事，在网络上，竟也能寻得一点蛛丝马迹。从一个私人公众号，发现题碑者是乾隆十二年江西布政使彭家屏，眼前的这个陌生人兀地闯入了我的视野，就像在某个饭局上，对面突然有人递过来一张名片。按照线索，彭的生平履历，也一点点被挖出来。彭的书法其实算不上好，尤其在一个是读书人都会写几笔字的年代，就更算不上了。他早年估计苦练颜体，但也仅仅是有其形而缺乏颜体的丰腴遒劲。确切地说，他的身份主要是一名地方官。布政使也称作藩台，从二品，主管一省的财赋及人事。兴许是在春天的某个饭局上，一桌人喝到酒酣耳热，突然有人就端来纸笔，要彭藩台为百花洲题字。藩台大人倒也没有拒绝，读书人最值得炫耀的，便是笔墨。大笔在纸上默运，横平竖直，字像刀削出来的。那一夜，宾主尽欢。酒醒后，前夜题字的事估计早已经被彭大人忘得一干二净。要说这类事在藩台大人的日常生活中倒也寻常，纸上的字很快就被石匠镌进了石头，没料到酒后戏笔，也被有心人推向了公共视野。湖边的空旷中，从此就多了一块巨碑。从前的人们利用这块空地，踢毽子、投壶、蹴鞠、放风筝，现在人们把目光都聚在一块碑上，金色的阳光从高处的枝头泼洒下来，把碑体上的"百花洲"三个大字晕染得更深了。

彭藩台在江西任上，一待就是九年。他主持拓宽过南昌城内的街道，开办粥厂、赈济灾民，重修滕王阁，拆除傍城占街的店铺……东湖春水碧连天，春风得意的日子，总是像马背上掠过的风，稍纵即逝。这些年，彭大人酒自是没有少喝，酬答之作自是没有少作。当困意袭来，天地都昏昏暗去。案牍劳形都是面上的，关键是那些交织在头顶的尘网才叫人心累。所幸，他还有一点雅好。他嗜书，几个卧室都被书占满了。在盛大嘈杂的白昼过后，他投向了书的世界。在灯下，他的思绪延伸至千里万里之外。他小心翼翼地打开了一个木匣，揭开裹在外面的层层油纸，这是一本深藏在黑暗中的书，此时，灯盏移近了，一字一句，读来都让人心惊。那都是甲申年的旧事了，马蹄声与哀号声在纸上起伏绵延……，而巨大的深渊也正在书的边缘卷起的一个小角处悄无声息地潜伏着。

乾隆二十年，彭家屏退休了。

他以病为由，回到了老家河南夏邑。卸去官职的他，和乡里的其他重门深院里的老人一样，饭后手挥蒲扇，嘴里衔着水烟袋，吧嗒吧嗒，抽得天昏地暗。眼看，关于他的戏就要谢幕了，不料，一个消息却破空而来。官府在同乡段昌绪家中，搜出了一封当年吴三桂起兵反清时的檄文，消息甫出，彭大人的烟杆哗啦一声，掉在了地上，断成两截。他隐隐地觉得，这支箭是冲他来的。虽然他卷进这场伪檄案的经过曲折复杂，一言难尽，但罪名到底是出在书上。彭大人既然那么喜欢书，不妨也到他家里去翻一翻。在家里家外翻了个遍，甚至一片带字的纸都没有放过。可是除了几部明末野史，并没有在书中发现什么悖逆之语。倒是搜到了彭家的一本族谱，名为《大彭统记》。上面说，你彭大人好端端地彭姓不认，却非要认上古时期的黄帝为先祖。其实读书人都是要点面子的，虚荣心作祟，攀缘附会也都是常事，但上面偏说，你彭家屏一个庶民臣子，自居为黄帝后裔，居什么心？又说，"大彭"岂是你可以随便用的，只有"大清"才姓大！避讳之事都能忘到脑后？

既然话说到此份上，那彭家屏也就只有一死了。死也是他仅存的一点点权利了。乾隆二十二年七月，他用御赐的一根结实的红绳，在狱中做了了断。没有人说他死得冤，无论是在黎民百姓还是满朝文武眼中，他都罪有应得！但聪明人知道他死的意义究竟在哪。关于处决彭家屏的话题，人们始终讳莫如深，有些事是不能放到阳光下来议论的，谁会和自己的脑袋过意不去呢。总之，彭家屏死了，死在无声中，死得"不响"。但有一个江西人，却因此落了泪，他的家里，常年供着彭公牌位，逢人便说彭公对他是有知遇之恩的！此人名蒋士铨。且不论他后来的鲜花着锦，烈火烹油。但那时，他还只是一个衣衫褴褛的穷书生。大雪中，是彭给他捧来了一钵烧得正红的炭，他被彭请去编撰《南昌县志》。三年后，他用编志换来的钱，在南昌东街水巷置办了人生的第一座宅子。

真正的读书人从古今圣贤的文章中读出的，不仅仅是温良恭俭让，更是节气、意气与血气，是身体里的热气腾腾与性命交付。周全体贴、中庸世故都是怯懦与可耻的，唯有"响"才见风骨。彭家屏被处死以后，那块由他手书的"百花洲"碑不知道还有没有资格继续存在。后来，蒋士铨与朋友泛舟东湖，肯定也去寻找过那一块碑。他目光凝视着干净硬朗的巨碑，往事一幕幕地从阳光不能抵达处的漆黑中浮现出来，让年老的蒋士铨一度泪如雨下。

我从画院里出来，街道冷清。湖面在凌厉的朔风的雕刻下，堆起了层层縠纹，它们像一副坚硬的甲胄，把一些隐匿在时间里的东西紧紧盖住。我又想起了网络上流传出来的那张老照片。照片上的事物，并不是凝固的，相反，那个空间正在不断地变动，每一秒都在创造出新的。鸟从枝头一跃而起，飞出了镜头，清疏的树影在碑上缓慢移动。满地的落花被旋风扭成了一根长长的绳索。所有在画面里出现的，似乎都处在一个不易把握的中间点上。没有人说得清碑的来历，至于碑接下来的命运，就更没有人说得清了。时间在不断地敞开，又闭合。它向人们开放的，永远只是一点。当一道激烈的闪电从碑体上穿过，那些剧烈的颤动与疼痛自然也不是从前的人能够料想到的。

从前的地址

以前的年代，人与地都是分不开的，人被地固定着，地在哪，人就在哪。人与人之间，所谓的通信，其实也就是地与地之间的往来。

看竺可桢一九三〇年代在江西时的日记。日记簿里，记录着一个叫周承佑的人，这个人淹没在时间与人群的大海里，他的面貌终究是模糊的。但是紧随其后的地址并不模糊：南昌上水巷十二号——张宝龄先生转。事实上，上水巷在绝大多数新南昌人脑海里，同样模糊，轰轰烈烈的城市建设已经让一条条狭窄曲巷变成了一个个徒有其表的地名。地名是没有"地"的，它只是一块块用蓝油漆或红油漆刷成的路牌。当它在马路边高高竖立时，它就已经被当作了纪念的对象了。所幸，"上水巷"不仅是一种纪念，它也是一种鲜活的存在。我曾经不止十次地从上水巷经过，印象中，上水巷隔壁还有下水巷，尽管飞檐翘角早已荡然无存，取而代之的是同样灰扑扑的水泥盒子。老人们坐在漆黑的楼道门口，摇蒲扇，抽纸烟，海阔天空地交谈，便利店、时装店、麻辣烫店、美容店、奶茶店鳞次栉比，距离不远就是地铁站与大型商场。它们共同烘托出老南昌陈旧的繁华。时间是水，上水与下水都让人有了一种光阴泅渡的感觉。玉壶光转，张宝龄是老南昌人，他活着时，是下水巷十二号的房主，他走以后，高墙大宅成了时间里的一叶孤舟。查资料知道，张宝龄的妻子是女作家苏雪林。苏雪林辞世那年，人类漫长的二十世纪终于隐入了黄昏。那一刻，我在家附近的书店里无意间读到老人的文字，它们好像幽幽的烛火照出过去风景的轮廓。看后来人写的传记，说苏雪林生前写信成癖，看过她信笺的人，无不觉得那纸上字如疾雨，横扫千军。她写信喜用薄纸，正反都写。这些信从一个地方寄出，然后在另一地被另一个人拆开读到，信里裹挟着风声、雨声和马尾甩动时所发出的脆响。许多事，就这样幽幽地传递着。时间的网一旦撒开了，就像船头犁开的水浪，层层叠叠，久视未免令人眩晕。

以前的地址，就像一个个结实的树桩，牢牢扎在地上。人们根据记忆里的画面，隔许多年再来，还能够找着过去的门牌。这不由得让我想起了另一件往事。有年冬天，灰霾的天空中，堆积着厚厚雨霰，时近正午，天寒欲雪，表哥从四百公里外的赣州来到南昌，他此行的目的，是代姨父来寻一门失联已久的亲戚。两家之间，少也有三十年没有走动了，白云苍狗，只有对方当时留下一张写有住址的纸条成了彼此相认的唯一希望。姨父死死地抓着这根脆弱的绳索。说实话，他的世界是小的，家里的人世界也是小的，几十年来，没有谁去往过远方，他们都是过日子的类型，不经商也不考学，只是在家附近做点事，聊以糊口。火车与高速公路把世界联系起来，但是这和他们又有什么关系呢？我的姨父只有在醉酒时，才闹嚷着，说要去省城找小伯伯。除此以外，他的生活永远是守规矩、知分寸的，他的心也同样是风平浪静的。表哥从大袄里掏出了一个纸条，纸条皱巴巴的，字迹陈旧，南昌市金盘路二十六号。三十几年的时间，一转眼就翻过去了，许多事早已经星沉海底。谁能够保证这条路还在呢？即使在，原来的房址也可能因为拆迁盖起了高楼，即使没有拆迁，谁能够保证他们不会搬往别的住所？时代热热闹闹的，推着人们总是往更新的地方去。

天冷，地面都结冰了，南方的冷是浸在骨子里的。循着手机地图上的位置，我们来到附近，周围车水马龙，金盘路究竟在哪呢？这一条路早已经不是什么路了，只是一个死胡同，它被宽阔的马路以及高高的建筑包裹得严严实实。路名用红油漆随意写在水泥墙上，现在早已经斑驳了。胡同里都是些低矮破败的瓦房，红色的波浪瓦，砖块裸露，唯独有点模样的是个水泥建筑。门前有个院子，门卫见我们东张西望，心存警惕，两颗明亮的眼睛早已经从昏暗的岗亭里射出光来。我们把纸条递上，问他是否知道此人，他神情仍然警觉，好像有一种刀刻的东西藏在他的面容底部。在他眼中，我们像来自另一个时代的闯入者。由他把守的这个大门里，好像藏着过去时间里的无数秘密。我们说明原委，他面部的肌肉总算松弛了一些，严肃的东西总算撤下来。态度也明显地变了，从对立面的位置上瞬间游了过来。可惜你们来晚了，要找的人，好几年前就在一场车祸中不幸去世，不过他妻子健在，如今也已经是七十好几了。开门的果真是一个白发老人。这个门好像很久没有开过了，锈迹斑斑，门里面的世界才是与纸条上的地址真正相对应的。老妇人是这个地址真正的主人，如今外面已经很少有人与这个地址有联系了。以前还有抄水表、电表的和送液化气罐的，送报纸、信件的，这些事现在都一律转到了线上。这个地址真的是有些老了，它的功能在日渐萎缩，各种新地址覆盖在它的表面，成为了这个城市新的坐标。终有一天，它也会在手机地图上完全地消失掉，就像我们看见标注在清代南昌地图上的某栋建筑，它已经被层层陷落的历史压在了无尽的黑暗里了。

　　老妇人与我们见面的那一瞬，并没有问我们是什么人。我们也因为自觉唐突而乱了方寸，互相只好默默地看着。老妇人肯定是在搜索脑海里的哪一张面孔，但是好像又没有哪一张能够与眼前的面孔对应上。她也显然有些着急了，舌头都好像被什么事物缠绕着，直至表哥将"赣州——黄家"这几个字抢出来，这种尴尬的局面才总算得到解决。老妇人眼睛一亮，许多的画面便浮现到她的眼前。被堵住那一段路总算是打通了。表哥很自然地将眼前的这个人认了奶奶，我也跟着喊了一声奶奶。走失已久的亲人，便在这一声声喊中紧紧地抱在一起。距离上次的见面，屈指算来，少有三十几年了。那时候，表哥尚在襁褓，奶奶也未退休，身份是赣州纺织厂的一名工人。后来，奶奶就因为丈夫工作调动，把家从赣州搬到了省城。临别之际，她没有忘记将省城的家的地址留下。人们以为，无论相去多远，只要是双方留下了住址，随时都可以通信、见面的。但谁曾想到，原以为牢靠的东西，却在时代车轮的碾压下，变得那么脆弱。为了支持城市建设，姨父家从带院子的瓦屋，很快就搬进了楼房，那块使用过许多年的老门牌，也因此没有用了，被当作了废铁，卖给了收破烂的。左营背四十七号，隐入瓦砾烟尘。这个地址偶尔还有信件寄过来，结果注定是查无此人，信又被硬生生地退回去了。老奶奶说，后来一家人也去过赣州，但是路与建筑都已经不再是从前的样子了。高楼广厦，究竟哪一栋才是他们要找的呢？老奶奶孑然一身，与这处地址长相厮守，她难道是想以这样的方式守住与亲人重聚的唯一希望？我知道，老辈人都是重情义的，包括对于土地的情分，永远是那么绵长，老奶奶表面上守住的是这处地址，事实上她守住的也是精神世界里的一座孤岛。我看着这个岛在海面上一点点地被水淹没，心里也有了一种不停涌动的悲伤。

厝前的长路

我是从后山公路旁的隔离带翻进白头格的，说"翻"，一点也没有错，就像我小时候通过翻墙到隔壁花圃里偷摘了一朵碗口大的茶花。白头格从空间上看，就像是一个圆锥形的容器，它的底部完全是封闭的，并不像普通的村庄的门前有长路与溪水。它就是一个顽固的、向下的，朝着大地深处掘进的部分。但这个坑里却活跃异常，环形的山坡上生长着古杉、荔枝、毛竹、芭蕉。大厝就被那些植物掩映着，不起眼的夜合、含笑、山茶把馥郁的香气释放出来，四时风物新。厝都建筑在半山腰，沿山而立，一大半是两层古楼，余下三两座是平卧的大厝。但是它在人们视野里的样貌始终是低的、矮的。那些站在山梁上的人双手叉腰，像一个从天而降的巨人，他们的眼睛里出现的首先是厝顶上黑漆漆的瓦片、燕尾脊、凌空欲飞的雕甍和双燕归脊的厝脊。然后兴致就从心头涌了起来，一步步地往山下走。厝与他们当初想象的实在是相差太大。高大的建筑无处不衬托出身体的小。载我们来白头格的车停在后山的一处开阔地上。此时代，没有什么地方是路去不了的，马路就像锋利的刀片插进了山里。路所代表的，也就是人们战胜自然的意志。以前的路不是人修出来的，以前的路上有无数的柳暗花明。从前，路也就是一种探索，风景与身体的关系总是扑朔迷离。自从人们在崇山峻岭之中开辟了公路，原来的各种遮蔽就没有了。采风时，车每到一处，导游就指着山底下的屋舍说目的地到了，造访也就变成了一种闯入，从车上下来的人，悠哉游哉，意气风发，目光里透出一种手扶日月、照临寰宇的气概。但是去往白头格的路向来就是果断的，向下的。人们像端着冲锋枪从山坡上俯冲下来。这种路可能是一段长长的台阶，也可能是泥沙铺成的土路。山雨横来，伞撑开了。雨落在那些刚刚长出的芭蕉叶、荔枝树上，发出一种沉闷的细响。

连接厝与厝之间的石阶看起来是有年代了。飞蓬草从石缝中抽出来，像一根根鸡毛掸子。这是一种常见的杂草，网络上说，这种草原产地北美洲，属于外来入侵物种。它们是通过什么样的方式来到白头格的，比较起外夷的坚船利炮，它们的侵略性显然更加隐蔽、深入。被雨水冲洗过的石阶，露出一种历史的底色。白头格就是靠这些石阶串联起来的。这是一个看不见的、巨大的、封闭的环，人们通过上台阶或者下台阶在这个环中移动。从德安楼、和安楼向外望，可以看到近处的娱山楼、玉安宅；从娱山楼、玉安宅向外望，可以看到远处的联安楼、新安宅、梅村书屋……曾经那些居住在楼里的人，吃饭，睡觉，打哈欠。他们不时地把目光从雕花的窗棂中递出去，目光与目光在无形中相撞，交织成一条条线。在山野中，每一栋大厝都像是一块突兀的色块。这种醒目的红与葱茏的绿形成了巨大的反差。很难想象，在这个深山里建造这些大厝的人究竟是源自一种怎样的心理需要。

其中，德安楼的大门紧闭着，门的四周是一个石头材质的门楣。一整面墙上只凿开了为数不多的几个小窗。那种窗子虽小却精神奕奕，死死地盯着前方。显得特别警惕。此地人盖房子，好像并不喜欢就地取材，据说用来建筑的材料最远来自意大利。有许多物料都是漂洋过海、远道而来的，师傅也多是从外地请来的。当初建房子时，从江西请来的风水先生在胡家一住就是整整八年。有个师傅刚来还是个单身汉，等大厝建好了，儿子都长到已经及腰了。此外，又请了惠安的石雕师傅、永春的木匠，只有抬石、挖土的活儿才由本地人干。娱山楼的门敞开着，我从敞开的大门中走进去。这与我平时从各种门走进去的感觉并无不同，至少从别的门走进去还能够嗅到冷气、奇异的香水味或者中草药味。但这扇门里面什么味道也没有，我有点儿失落，我站在潮湿的天井中，看着地上的点点青苔，心里被一种透骨的虚无充满。这是生命被时间消磨的结果。说实话，我以前是很着迷于这种天井的，尤喜欢坐在天井中冥想。将琴代语兮，吟风弄月兮……可以说，在中国的文学叙事中，是先有了天井，才有了才子佳人。这时，从二楼的某个位置，突然传来了一声喊。声音尖利。原来是有人发现了传说中的意大利花砖！它样子有点像一小块波斯地毯。二〇〇〇年，我家装修厨房，我爸从建材市场里搞来了一些有花纹的瓷砖。几乎每次，我从厨房经过，手都要往上面放，森森凉意从指尖伸向后脑勺。可是没有几年，这种贴花砖的时尚就被别的东西给淘汰了。但不管怎样，一百多年前，一块拥有繁艳花纹的砖镶嵌在墙上毕竟是一件极尽奢侈的事情。当然，更奢侈的是白头格每一座屋子当时都通了镀锌管引入的自来水。这种水白花花的，并非来自深井，它来自一个看不见的幽暗之中，水龙头拧开了，水就会从白铁水管里涌出来。像一种清澈而热烈的情感。据史料载，爱迪生获得发明电影放映机专利权没过几年，远在菲律宾的一个二十多岁的年轻人就把一台电影放映机带回到了白头格，这个人叫胡典成，一个天生热爱出走的人。他从这块山多田少的土地走出去，走向泉州、厦门，然后又朝着更远的南洋而去。中国人的骨子里，天生有一种土地意识，按照费孝通先生的观点，这种生命里的土性主要体现在与泥土分不开、不流通和熟人社会。但这种静止并非绝对，人们一旦被一种血淋淋的残酷逼迫或者被滚烫的思想感召，一场大规模的出走就不可避免。明中后期，政府多次发布禁令限制出海，可是海外贸易日渐兴盛，前往东南亚的人口依然有增无减。人们知道，土地既是一方温床，也可能是一双枷锁。

行走在白头格的雨中，凝视着那些精美的建筑构件，我不止一次地想起赣南的围屋与闽西的土楼。它们在设计上，都体现出强烈的家族感。建筑虽然是凝固的，但是它所荡漾出来的，却是一种意味深长的生存哲学。无论是居住在围屋还是大厝里的人，他们的弱小的生命都被某种无形的线索串联起来，这是一个颠扑不破的圆。围屋和厝，本质上讲，都属于出走后的产物。无论走出去有多远，漂泊者也仍然需要有一个回归之所，而白头格的大厝正好构成了他们精神意义上的圆。

登临意 何人会

十岁以后，我身上突然飘出了一缕古风，吃饭洗澡写作业，常常想起古人披发入山、仗剑远行的豪举，日常生活中表现出诸多与年龄不符、大而无当的成熟。

可是我的种种复古行为始终停留在纸上谈兵的阶段。比较起古人行事，事必躬亲，我充其量不过是个身体孱弱的幻想分子。譬如我从小口口声声说爱酒，十九岁前，在我妈严厉的监控下，一直滴酒不沾，仅仅会背诵李白陶潜苏东坡的几首饮酒诗而已。

作为赣州城大名鼎鼎的风景名胜郁孤台，我也不过是东拉西扯能诵几首与它有关的诗文。我的这些空谈与不务实际，说来也情有可原，要知道复古的代价实在是高得让人吐血。

郁孤台前，除了有上百级台阶、几棵香樟树以外，还有一个小小岗亭。里面一年四季都有售票的阿姨们严格把守，我若大摇大摆地从正门口走进门楼，那么每月的零花钱至少将牺牲掉一半。但如果不守规矩，偷偷地从它后面的田螺岭巷翻爬过去，那么从根本上就颠覆了我谦谦君子的斯文形象，那样，我之前所有的风度风雅风采都成了谎话。

　　登楼既然已经如此豪奢，那么我就只好在历代名人的题咏中尽情发挥着我伟大的幻想症。我觉得这样倒也很好。这样一来，我所拥有的，就不唯独是一九八四年九月重建的那个呆头笨脑的仿木式的钢筋混凝土楼了，而很可能是李勉刺史当年登过，并且在上面大发感慨的那一个。也很可能是绍圣元年，老苏反对王荆公变法，然后遭贬路过赣州时登临的那一个。当然，还更有可能是辛弃疾写《菩萨蛮》使郁孤台声名大振的那一个了。在登楼的过程中，也绝不可能像现在这般悄无声息，应该会发出咚咚的悠远的风雅的登楼声才对。我觉得我这种退避的做法反而是一种以退取进的明智之举，反而使各个朝代被无数文人骚客垂爱过的楼台一时间都成为我的六宫粉黛，让我享受着"承欢侍宴无闲暇，春从春游夜专夜"的逍遥快慰。郁孤台和这天底下的所有亭台楼阁一样，原本也都是默默无闻的，可是它生来就像奇花异卉，持续不断地吸引四方大小文人。文人们在上面题诗作赋，于是楼以诗显，诗以楼胜，就像黄鹤楼曾经含情脉脉地招呼过李白、崔颢，滕王阁挤眉弄眼地吸引过王勃，岳阳楼宽衣广袖地呼唤过范仲淹……它们身上与生俱来的某种"体香"，让这些独在异乡的文人们忘乎所以，飘飘欲仙。

唐宋年间，赣州城实在是小得可怜，好玩的地方太少了，唯独在它的西北台地，布满了衙署与勾栏曲院，周围楼台林立，它们填补着文人们内心的空白。而郁孤台鹤立鸡群，遗世独立，郁然孤峙，比现在的位置还要高出一倍，它以绝对的优势，在唐宋元明清长舒广袖，轻而易举地就把苏轼、黄庭坚、刘克庄、刘梦阳、王阳明、文天祥、李华、赵蕃、汤显祖、王士祯、朱彝尊等等人物吸引过去了。然后，让他们诗兴大发、口吐莲花。这些层层叠叠的题咏，点石成金，楼台于是乎就有了仙风道骨，有了轩昂的眉宇，同时也有了玩世不恭、风流倜傥的气度。

郁孤台之所以把这么多文人吸引上楼，并且让他们心甘情愿地留下墨宝，最主要我想是因为楼高，危楼高百尺。这样的高度，既方便手摘星辰，满足文人们超尘脱俗的那点向往，又能够避免他们的视线被浮云遮蔽，还可以远望当归。文人们特别喜欢这种"独在异乡为异客"、头皮酸酸麻麻的古怪味道，他们在楼上尽情享受着这种思乡而不得的无限快感。加上那时候，大家的故乡都安放在中原腹地，赣州即使把这些客人们伺候得再周全体贴，他们也很难在心里找到属于故乡的认同感。所以，登上郁孤台的李勉，始终心在魏阙，无限幽思。而即使苏轼在赣州被拥戴得无以复加，也还是没有忘记说"故国千峰外，高台十日留"的话。文天祥就更是加重了语气："风雨十年梦，江湖湖城思。"说得声情俱下，简直要让人拿袖子擦涕抹泪。辛弃疾想长安也想得足以吐血，他被派到这个蛮荒的地方来镇压茶商军，精神与肉体都已经十分疲惫，再想起北方一片乱糟糟的景象，更是悲从中来。不过，中国的士大夫似乎从来就很享受这样的一种滋味。他们可以拿忧愤下酒，拿相思下酒。所有的这些负面情绪，都可能堂而皇之地成为诗意的成分。在此之后的一千多年里，写郁孤台的人一拨又一拨，赶场子似的，始终没有中断过。但是，这些人除了表达一点个人伤感落寞的情绪之外，就再也没有什么值得端上台面的东西了。

不过，赵蕃的《寄青原山常不轻》却很值得一提："吾舅每谈方外友，吃吃醉吟长在口。李侯佳句往往有，示我不轻诗数首。江湖愿见非一日，岂有闻名不相识。路头且向郁孤台，却傍钓台深处回。"

赵蕃活了八十多岁，一生大部分时间都消磨在了江西，并且为人还有点傲慢，完全可以算是江西诗派的殿军人物。他死后，江西诗派的气脉也因此断绝。他一口气连续狂写好几首关于郁孤台的诗作。他并没有走前人老路，古人写诗要么喜欢托物言志，要么借景抒情、文以载道，可他写的这几首，既不抒情，也不载道，更不言志，完全表现出一副云淡风轻的模样，却最大限度地还原了当时场景，让人觉得真实可信又有趣，活泼浪漫又严肃。郁孤台在赵蕃笔下，既没有成为文人们笔下的绣花针，也没有成为让人心惊肉跳的风月宝鉴，更没有沦为供骚客们雅集的风雅地，郁孤台始终是个配角，一个跑龙套的，就像马路上站着的一根电线杆，而这恰好是赵蕃的高明之处。

中间

一行人在大坝面前垂手站立。这些人的目光徐徐地伸向不远处的大坝。这所来的，都是文人，他们像完成古代的一次雅集，从幽暗的书斋来到山水里，白皙的脸与干净的手指暴露在孟夏的阳光中，像被水洗过了一样。这一同被暴露在阳光下的，还有深刻的思想与敏锐的洞察力。那一刻，大坝和众人见了，平地发一声吼，响声振聋发聩。文人们心潮逐浪高，开始了各种腔调的抒情。原来，这大坝并非头脑中沉睡的那一个。

这是峡江，天蓝得不怀好意。水在河床里流。对岸是矮山，石头山。像用了千吨万吨的铁水浇筑。那么结实的河床，像一种不可撼动的权利。水被它统治了。工程局小王穿白色衬衫，血气方刚，左耳大于右耳，厚厚的眼镜片背面是两个黑色瞳仁。诗人甲问问题，他答；乙问问题，他答。这河，这大坝，就在这一问一答中被具体化了，成了一大堆数字与专有名词。

我紧跟其后，内心茫然，表情回应得却特别及时，点头与微笑总是恰到好处。比如，当初大坝在选址问题上有做过哪些考虑？一人问。小王拧一下眉。这也是他化解问题的惯常动作。同样是眉头，在这个世界上，文人的眉头总是越皱越长，而工程师的呢，却越皱越短。因为诗人向来是问题的制造者，而工程师恰好是解决问题的。

我的目光随他手指处移至河流上方。万顷碧波在眼里荡开了。那是千里赣江的最窄处，也是大坝选址最先考虑的位置。可是，经过专家们的反复论证，方案终于被否。如此，大坝将承受起巨大水压，整个工程的难度系数势必增加。那就必须找一处相对较窄，但又不太窄的河道，既能节约成本，又能够保证安全。这当然不是一个作家凭想象力能完成的，它必须依靠一个个力学公式去做出准确的测定。大坝的位置终于被确定下来了。没过几年，图纸上的大坝就矗立在河流中央。水断了，奔腾的赣江停下来。水在一侧沿着高高的大坝上升。汹涌的河流被驯化了，它的野性与放荡消灭了。

通往大坝的铁门开了，雪白的阳光被拒之门外。眼前，是一个封闭形建筑。一根一根铮亮的钢架、被油漆刷过的混凝土墙在眼前亮了。那是巨型动物的胸腔。你就在这些肋骨的中间一根一根地数着。小王告诉我，混凝土墙背后，正埋伏着十米高的河水。水，一层层压下来，大坝底部被巨大的水压推动。那是十万只巨人的手臂！可以想象，如果墙是透明的，就可以看到绿色的水以及裹挟在里面的众多生物。这些生物的视觉普遍很弱，对于任何人的观看向来无动于衷。然而，那大坝墙终究不是虚无的，终究是用一吨又一吨的混凝土夯成的。在这遮蔽中，我们终究不能感受到它承受的压力以及这背后隐藏的危险。在大坝中间，危险被深藏起来了。因为，危险你看不见，你可以在这歌唱，朗诵诗歌。在大坝中，每种人的心态终究是不一样的。即使意识到坝体背后的汹涌与激烈，各自对忧患与危险的认识也大相径庭。想象忧患和饱经忧患，这完全是两个层面。

通过楼梯下到大坝深处。在狭窄、潮湿的通道中，在昏暗中，你越走越深。你无法获知自己已经抵达河床的哪一处。你像鲇鱼。外面的世界被隐藏起来。但你明白，水就悬挂在你身体的上方，浩浩汤汤的河水正从你头顶经过。这是一个完全虚构的领域，样子有点像小说里的龙宫。在通道顶部，你看到蓝绿色的铁管。尽管上面标注的符号是陌生的，你却感到欣喜，自认为可以将它们抓住。但假使抓住，它们的两端又将通往哪呢？你被更大的疑惑吞没。提问的人越来越少。他们或许也意识到，处于此地，所有的问题其实都是虚妄的。一个发电站一年能发多少电？大坝建设要耗多少资？这些对一个作家来说又有多大的实际意义？整个气氛沉陷在一片死灰般的安静中。所有人的耳鼓都重复着发电机工作的声音。那是大坝的心跳。在微弱的光线中，工程师与作家眼神间的秘密交流被切断了。一切都断了，只有手机在疯狂扫射。同行者一次次地找角度，试图拍摄到那个真正属于大坝中间的影像。他们像一个个出色的艺术家。样子已经到了江面、群山之巅或某个热闹的十字路口。尽管他们对于艺术都表示出了极大的虔诚，可镜头中的肖像无一不是虚构的。

在工程师的世界中，无论是剪力墙、钢屋顶还是水流，都连接着精微的刻度与精确的数字，任何宏伟与壮观，都需要依靠精密仪器去完成。可是，散文家用一个念想就完成了。在天马行空的想象中，他们甚至可以虚构出一百座这样的大坝。我想，其实这背后站立的，是两种不同的大脑，当然，也是两种不同的立场与世界观。一万颗不同的大脑在大坝中就会有一万种不同的念头。这是事实，也是人在世界中间所享有的最起码的权利。

大坝作为一个客观存在，作为一项工程，它的建设，无疑让一个相对落后的省份感到骄傲。这样一条流淌了不知多少亿年的母亲河，终于掌握在她子孙手里了。无论防洪、水利灌溉，还是发电与航运，它都扮演起重要角色。这样的话语多数被写在了教科书与地方政府的宣传册上。可是，当你果真到了大坝中间呢，你可能被它的某个局部、某个细节给吸引，你在这种吸引中感受着世界的宽度，但你也可能因为意识到某种无形的危险而深陷于恐惧之中。

也许，这是作为人，作为一个活在感官与情绪中的人最真实的状态。我想，问题的关键就在于世界并不是一元的。世界并不是稳稳地射在箭盘上的那一支冰冷的箭，并不是判断句与句号。所有的问题并不是一元论就可以解释得清。比如，关于大坝，它绝不只是一个重大工程，绝不只是涉及挖土机、起重机、大卡车、图纸与建筑工人，它还牵涉到各种复杂因素，比如移民、拆迁、抬田工程、古建保护。这些看不见的事物共同构筑起真实的大坝。巴邱镇，一个现在被沉在水底的小镇。一个钉子户在家里备的不是煤气罐而是几大坛子的酒，它指定要某某领导来家里陪他痛饮一壶，他才同意在拆迁协议上签字。很难想象这是一种什么样的心理，很能想象类似事件在大坝建设中所占据的分量。

在大坝中转了多少圈，竟忘了。工作人员站立在门口，把帽子收回，好像在收回一种看不见的权利。门外的世界在阳光的照射下白得晃眼。白光和门内的暗影在门槛上画上了一道线，线条硬朗而明确。工程局小王和一个作家朋友，他们中间不知发生了什么，都笑倒在门前。此刻，两个风马牛不相及的职业被这奇怪的笑声溶解。我想：任何领域，它们中间，都可能存在这样相互重叠的点；任何冲突中间，都可能存在交集的部分。落于此点，大家的观点与感觉是一致的。科学家自认为在用生命解释真理，而文学家眼中的世界呢，总是由道德和理想构成。他们都自认为处在世界中心，已掌握某种真相。可是，当处于其中，他们又看到了什么？他们看到的始终都只是自己，看到的始终是世界在自己内心屏幕上的成像。

走出大坝，猛烈的阳光刺进双眼。你像遭遇了刺客，眼睛里一阵漆黑。世界被短暂地关闭了。几秒钟后，你又陆续地看到蓝天，看到孟夏的绿树，青色的水流。世界再一次地回到你的感官中。你习惯性地刷起了朋友圈，作家们陆续地把大坝中间的照片晒出来，行踪都相继被暴露了。

水边的思绪

江水有时候是一块鱼肚白，有时是一杯淡淡的红葡萄酒。我的视线通常要穿过一片单调的楼顶才可能到达那块流动的水面。江水的颜色尽管随天气与季节的更替而变化不拘，但比起城市快速变动的历史而言，它基本上就没有什么变化。赣江穿城而过，江水已经成了无数景观的制造者。在我所交往的朋友中，当然不乏风雅之人，他们喜欢将各种雅集放在临江的高楼中进行，那些房子通常一整面墙都是玻璃做的。傍晚时候，河流上的反光通过透明的玻璃进到屋子里，人人脸上都有了一道水的印记。人们对着滔滔北去的江水说话喝茶沟通感情，江水仿佛成了一种可以用来消费的事物。城里的建筑只要与江沾上边，价格总要比平常高出一倍。枕河而居的日子，想想就觉得诗意盎然。傍晚在阳台上收衣服，挂衣服的绳子上也挂着金箔一样闪闪放光的河流，一些日常的事物因此也有了艺术画般的效果。

我不知道城里人为什么那么喜欢江水，难道是因为生活单调？在城里居住久了，我就发现所有的事物本质上都是凝固的，人们需要借助流动的江水把自己带出去，江水伸向的地方，许多是城市永远也无法抵达的。人们渴望对着春天或秋天的大地撒野。

天旱得厉害，江里的水就要枯了，大地是要用自己的枯，换取多隆重的新生啊？水退去了，水退得多么彻底，裸露的河床露出属于古代的肌肤，古代的肌肤是褐黄色的，随手一抓，细细的沙子就从指缝中漏出来了。往日被水覆盖的地方水消失了，地像病人的眼窝深陷下去，大大小小的窟窿，岸被深陷下去的河床举至空中。原本江水和岸都是完整的，现在竟然也有了高下之分了。如果河床和岸之间，还蓄着满满的水，那么事情也就不至于那么尴尬了。水把历史中所有坑坑洼洼的部分掩藏起来。水载着几千吨重的货轮，它们自由地穿过巨大的桥洞。汽车和行人通过桥面，往来于大江的两岸。人们在窗子的后面欣赏着江上的美景。一切都那么愉快。水消失得那么突然，残酷与丑陋的东西硬生生地扔进众人的眼睛。原来碧波荡漾的内部，并没有人们想象得那么美好。

　　我站在河床中间，好像是一条被阳光蒸烤的大鱼。空空的河床里是没有路的，只要我的脚抬到哪，哪就是路了。现代人并不擅长在没有路的地面上行走。不曾被规划的地，面目是混沌的，分不清哪是哪，大地跌宕起伏，像一个个汹涌的浪朝我涌来。岸上高耸的建筑露出咖啡色或奶油色的外壳，许多个太阳就藏在金属壳里，江畔上还有一只缓慢转动的"城市之眼"。如果在江水充满的日子里，它们也可能就是江景的一部分了，水里、岸上的建筑，各处于虚实的两面。可是，水说没有就没有了。岸上高高矗立的事物仍然执着，它们与裸露的河床连接，好像古代与现代被拼接到了一块。太阳像一个老人远远地坐在河道的另一头，它照耀大地的角度已经明显倾斜了。我俯下身子，发现黄沙中并不只是沙砾，砂砾里也裹挟着碎瓷片、碎玻璃，甚至一截废弃的塑料管。相比起那些遥远年代里的河床，它的成分复杂多了。汗水从幽黑的毛孔中涌出，流淌于面颊，我的脚步并没有停歇，我设法穿过河道，到河对岸去，就像从马路、足球场或者会议室的中间穿过去。但眼前的水终于把我的脚步拦截下来。水瘦瘦的，水小心翼翼地盛在窄窄的地缝里。水像燃烧的火，这是水为自己保留下来的火种，水里也有一个扁平的太阳，水瘦成了狐狸瞌睡时细细的一道眼缝。我知道，这水必然是牵着天底下所有的水，这一道水要是断了，天底下所有的水也就断了。时间是水做的，水当然也可以理解成时间的化身，谁能够把连续的时间切断呢。时间尽管分岔，可是它总要通向无数的未来。宽阔的河床是水的祖先筑下的巢穴，我知道，出走的水，迟早是要回来的。

湖水的故事

　　游船像一个小型的会客室，被水流搬到了湖中心。乳白色的皮具沙发，红油漆茶几，天花板与玻璃窗都被水流一件件地搬到了空旷位置。在这个地方，水与天空很容易混淆。猛地把头探出去，误以为湖翻了过来。几亿吨水悬浮在了头顶，身体立马就要向深渊坠去。有时觉得水和天都是虚无的。青、白、蓝、灰都成了透明色。肉体在漫无边际的虚空里飘移，像一条大鱼。幸好游船中的那些宽额头、肉下巴、粗壮胳膊与带着睿智光芒的小眼睛、白皙而吹弹可破的脸庞都是熟悉的。

　　千岛湖和别的湖是不一样的。当我泛舟西湖、南湖、东湖，心情是轻松愉快的，头脑里荡漾着美丽的旋律。我可以吃零食、看风景、跷二郎腿，或者倚靠在船舷上浮想联翩、鼾声如雷。湖水被安静地放置在一个巨坑中，湖水与岸的关系是确定的。我甚至可以带上《瓦尔登湖》《霍乱时期的爱情》，翻几页纸再看一眼湖水。但在此地，我的心情却并没有这么从容，我担心眼前的湖立马就消失掉了。湖怎么可能消失掉呢，当船把周围的水拍打出去，银色的水浪就像雪花飞舞。但这些都堪称假象，说到底，我对千岛湖是不信任的。我用不信任来评价一个湖，的确是有点过分了。当然这事情都怪导游，导游声情并茂的讲解让千岛湖的身世水落石出。尤其是关于湖的宣传资料，简直像档案似的，把湖的籍贯、出生年月、身高、体重都一一收集在簿。千岛湖的前世，就是人们记忆里的新安江水库。水库是个什么概念呢？水库在某种意义上说，和家里的车库仓库资料库是同一个概念，水被关进了一个黑漆漆的储藏室里。用来关水的大坝就像是冰箱或者仓库闸门，我们就在这个暂时关闭的库里体验着碧波荡漾的无限美好。不过这种美好都带有欺骗性质。危险正在背后潜伏，就像乘坐热气球去往高空紧张兮兮的心情，我的身体不由自主地向前倾，甚至用力地拧了一下旁边人的肥壮胳膊，所幸没有听到他凄惨的号叫，因为那是一只睡熟的胳膊，带着轻微的鼾声，和湖水拍打船舷的节奏保持一致。

千岛湖在被水充满以前，放眼所见，是各种与日常生活密切相关的景观。城外阡陌交通，桃花在田埂上像一簇簇粉色火焰。依依墟里烟，炊烟升起的过程，就像记忆里的事物逐渐在头脑里模糊的过程。那时候，千岛湖还没有诞生，新安江水库也没有诞生。此地还叫狮城。城外青山如屋里，东家流水入西邻。一个稍识文墨的秀才在王二家饮至微醺状态，看到窗前景色，突然记起了前人的诗句。纸上的风雅与现实中的复杂思绪、情感、言谈、交往相互交织，构成了特别生动有意思的日常。

一九四三年农历三月初三的傍晚，狮城小西门旁的姜二少爷蹲在自家的门前吃晚饭。鸡鸭归巢。附近的育婴堂、养济院、贞文小学、台鼎小学、师范讲习所、通俗教育馆里的人渐渐散去。人们归家时通常都要看一眼天色，看看晚霞与新月。这一夜，姜二少爷做了一个奇怪的梦。视野里，是各种红鲤、黢黑的鲢鱼，鱼一律飞在空中，像流星一样地飞驰，它们从开阔的天际飞来，哈吐出巨大的白色气泡。每一片鱼鳞都金光灿灿，有一艘周身施有红色油漆的游船从山巅的另一侧转出，和刚刚升起的弯月出现在了同一个方向。此时，游船下聚集了许多小鱼，它们以为是一个什么喜人的鱼饵出现了，吸附在游船周围，从天南一路追随至北。当然水藻就更有意思，它们像绿色的胡须从上百米高的地方垂落下来，一直延伸到人家的屋顶。很多孩子就通过梯子向上攀爬，他们胆量奇大，身手敏捷，小脑袋们倚靠在高处的水藻间，等候船只靠近，人人以敲击厚实的船板取乐。当然还有更好玩的，是那些空中楼阁，它们通常是一些酒店与餐馆，入夜，窗子里灯火通明，光把鱼和水藻都照亮了，汪乔生家的仆人晚上起来解手，一束突如其来的光将他照亮，这也让他的脸莫名地感到一阵火辣……

八十年后，梦中事得到验证。一行人泛乎中流，穿着衬衫与 T 恤，在湖中心放歌。湖水被幽蓝色的荡漾送进了一个巨大的梦境……时光永是流驶，各种事物风乎舞雩，咏而归。归也就是消灭，灰飞烟灭。大坝高筑，春水渐渐地涨起来，水漫过门廊、屋脊、街道、高大的城垣，淹没了屋子里银铃般的嬉笑、枕上的鼾声、病中人痛苦的哀吟。水涨起来，事件表面覆盖的历史都被水包裹、覆盖。水涨起来，春来江水绿如蓝。所幸，狮城的故事被有心人一件件地搬迁出来，那些平淡无奇的往事偶尔还能够在书卷里读到。

想象的权利

　　我和六一、大鸣、灵均等人又有好长时间没有见了。他们是我在岳阳地方的文友，岳阳楼，八百里洞庭，湘夫人、君山、柳毅井、飞来钟就被这几个文友给分了。他们有的分得一个山头，有的分得半口残钟，等我见到他们仨的时候，这些七零八碎的东西又被拼成了完整的山水。

　　几年过去了，六一却并没有老，时间怎么忍心让一个叫六一的人老去呢？他的小眼睛还是那么地灵动、深藏不露，脸却阔了一两厘米。肚腩稍显发福，但这却并不足以影响他散文家的气质。

　　我们几个人和以前一样，优哉游哉地在君山上逛了一圈。然后又到岳阳楼上举目四望了一阵，消了消了酒气，尽情享受了一回作为小文人的风流快活。洞庭湖是一方滋养灵感的湖泊，它以往滋养过李白、刘禹锡、杜甫、黄庭坚、辛弃疾、张之洞的灵感，现在又开始来滋养我了。其实我在我妈肚子里就开始具备了想象天赋，我想象了一万次即将看见的世界会是什么样子。世界也许是石头做的，也许被水充满，红色、白色、紫色、蓝色的水流让我的出生由一个湖向另一个湖过渡。在我看来，想象是天底下最省心的事了。当很多人雄心壮志地说自己将来要成为科学家时，我的愿望却只想成为一个想象家。想象家仅凭一颗大脑便已足够。至于腿啊，胳膊啊，舌头啊，翅膀啊，马达啊，电池啊，都是旅行家、考古学家、政治家所要用到的工具。我天生反感琐碎、容不下丝毫差错的工作。我的特长就是天马行空、率性肆意，脑细胞与灵感就是被严谨与克制给害死的。

所幸同去的几个朋友，他们都拥有想象的资本，当中有的已经办理了内退手续，有的已经转岗，还有的更是光荣退休了，于是想象世界就成了他们生活里的主业。

八百里洞庭湖顺理成章也成为了他们发挥想象的舞台。李白原本属于天才类型。他大脑的形状类似一座天然迷宫，你可以用核桃仁、丝瓜网、海绵甚至蜂窝煤球来对它加以形容。那些凹凸不平的大脑皮层的面积累加起来将近有一万平方厘米。每当它想象一个事物的时候，便可听见几亿个神经元在他的大脑皮质沟回里赛跑的声音。他的想象风格完全是重口味的、怪诞的、诗意的，甚至变形的。他当时没有忍住，居然将漫天的雪花想象成硕大的席子，动不动就用几千尺几千丈来想象一口潭或者一片愁。尽管如此，李白却欣然接受了洞庭湖对他的想象力的建构。

岳州城城门不仅向八百里洞庭敞开，它也向着湖面的各种可能性敞开。李白就是被湖的这个姿势所吸引的。几日下来，城里的歌姬、管弦、美酒将他的口袋里的银子耗得精光。

没了银子，酒瘾仍在。一旦酒瘾发作，浑身都不自在。没辙，大诗人也只好赊酒，连赊几日，终于让他的面子有点挂不住。赊也并非不光彩，能赊说明面子大。只有泼皮无赖们才整天赊酒。李白是声动四方的诗仙，他要赊的是水面蒸腾起的烟霭、被月光映照的湖水、落在庭中的月光，这些美好的事物都可能引起他"赊"的冲动。特别是存在于血液里的酒瘾一犯，脱口就是一句：且就洞庭赊月色，将船买酒白云边。买都是好听的话，赊酒才是真的。

酒劲上来，整个人飘飘欲仙。他想起自己在长安的日子，那时候他作为宫中的一个闲官，生活无聊得简直就像一碗白开水了。对于浓艳的脂粉、富贵的花卉，他都没有了任何兴趣。

在这距离长安遥远的岳州城，没想到宫廷生活的细节会从湖面上吹来，君山青绿，白银盘里一青螺。他首先看到的是拥堵在庭前的锦绣霓裳，美人们一个个盘着头，长袖垂地，漫卷的珠帘偶尔发出轻响。

然后，他就看到了一枚白玉凿的明镜，那是贵妃的爱物，玉环只有通过这枚雪白的镜子才能确定自己的美貌。谪仙人想到这一幕时，灵感火花从幽暗中迸射出来。淡扫明湖开玉镜，丹青画出是君山——他也不知道这句到底好不好，总之是念出了声。

往事越千年，那么漫长的时光，足以让浩浩汤汤的湖水蒸发掉，变成水蒸气，变成诗人的呼吸与感叹。湖床无数次地发生位移。它的形状、体积，与周围陆地的关系一变再变，有的鱼成为化石，有的已经成为文学家想象世界的脑干与脑髓。

六一、大鸣、灵均诸君就像鱼的后裔，优哉游哉。像春天产卵的红鲤，从朗吟亭游至飞来钟，游至柳毅井，游至响山，游至香妃墓。据说吕洞宾曾经饮酒至飘飘然，就在洞庭湖上飞来飞去。飞来钟乃宋代遗迹，然一问，此钟却是上世纪二十世纪八十年代岳阳钢铁厂重铸的。那时，也就是宋朝，朝廷派兵镇压杨幺军，情急之时，也不知从哪飞来一口巨钟，钟被无名之物撞响了，声波如翻滚的巨浪，将朝廷派来镇压的大军驱到了十里之外。

在这个属于想象的场域，任何一块石头都被魔法支配。据说，人类最原始的想象力起源于火，火改变了人类的命运，火苗在空气中跃动，人类脑海中闪出了一个念头。一个邪恶的、朴素的，或伟大的念头……

中午的酒开始发作，头疼欲裂，湖上鳞片似的闪光让我又一次想起卡尔维诺的那颗大脑。

1985年9月，卡尔维诺正在准备去美国哈佛大学讲学的演讲报告，脑溢血突发，当即送医院抢救。主刀医师很可能读过卡大师的小说，当然，他也由衷地表示，从未见过如此复杂的大脑。卡尔维诺曾无数次地用他的大脑想象过湖水，在《看不见的城市》中，他如此抒情地描述起心中的湖：无论湖畔的瓦尔德拉达出现或发生什么，都会在湖中的瓦尔德拉达里再现出来，因为这座城市的结构特点就是每一个细节都会反映在他的镜中，水中的卡尔德拉达不仅有湖畔房屋外墙的凹凸饰纹，而且还有室内的天花板、地板、走廊和衣柜门上的镜子。

按照卡尔维诺的想象模式，物与情感世界中的各种倒映、置换、对称、裂变、衍生、失忆、旋转，是他经常用到的。假如洞庭湖出现在卡尔维诺的笔下，湖很可能按照顺时针或逆时针旋转，以两年或五年甚至更长的时间为周期，至于分布在湖周围的城市，也会在镜像中形成几万种面貌。这种充满内在逻辑的脉络绵延，恰与李白、黄庭坚、刘禹锡等人的惊人之语形成了鲜明比照。

文人们根据各自的大脑想象湖水，各人抵达各人的梦想。湖水在一万个大脑中，便有一万种形象。每一汪湖水里都倒映着一个文人的身影。西湖的水波里映照着张岱。水中有他的长须、飘飘白发，他用一本书的篇幅去想象一汪湖水，"阔别西湖二十八载，然西湖无日不在吾梦中"。这一年，张岱七十四岁，放在当时，应该也算是有些老了。一颗不断萎缩的大脑，仍在曲折艰难中挖掘记忆里的往事，唏嘘声与喘息声在黑暗中无限放大，对于过去与将来，年老体衰的他仍然保持了一种美好期待。也许，这也是一个热爱想象的人，仅存的一点权利。

被覆盖的地址

地铁从漆黑的地方行驶过来，带有侵略性质的两条光柱把前方的这处地址给照得烁亮。在嘈杂的地铁车厢里，突然听到一个熟悉或陌生地名，地名像从一根枪管里射出来的，砰砰砰……，弹壳在一车人的心头重重落下。随后，地铁又被呼呼的风声给送走了，人们复陷于短暂的出神、交谈、看手机的间隙。这些站台，在时间里的位置永远是那么精确。两站路之间，地永远是未名的。你听到历史的风声从车厢的顶部浩浩荡荡地涌来，被地图标记过的地名都消失了。在这个间隙，地变得浑然一片，分不清哪是哪，它既不属于哪一块门牌号，也不是哪一个咖啡馆。当地铁驶出小区门前的站台以后，它就进入到了一段特别漫长的路途之中。地图上，这是一个巨大的弧。大多数时候，历史都是弧形的历史。我想象自己的头顶，就是一千年前的赣江，那是把无数船只送进鄱阳湖的一方阔大水面。

这片水域，曾经承载着大唐才子王勃的船，南赣巡抚王阳明的船，传教士利玛窦的船，航海家汪大渊的船，癫画家八大山人的船。来往船只，在江面上编织出复杂的航线。这些舷板上绘着虎头象、山水、蝙蝠、花卉与各种吉祥纹饰的精灵从我的头顶快速掠过；其目的地，是章江门码头、涌金门码头、铁柱宫、白鹭洲书院……这些盘绕在古人心头的地址，与地铁车厢里的乘客巴望的下一站——在本质上，并无不同。地都是有址的。地正因为有址，才有了所谓的赶路人。土著人眼里面只有地，址是毫无意义的。但是赶路人需要将地址牢记于心，否则，他将很可能找不到回家的路。对于一个旅人来说，行路就是他分内之事。他的旅人的身份，是靠不断摞高的地址来形成说服力的。

利玛窦来南昌以前，他在这条叫赣江的河流上航行近月，大江流日夜。在惶恐滩，他差点溺水身亡，幸好有一只大书箱飘过来，将他从深渊中托起。在急流中，他仰起一颗毛茸茸的头，大口喘气。虽然他的同伴巴兰德在白色的漩涡中命丧黄泉，但是利玛窦脚下的路却还长着。他的目的地是遥远的京城。南昌只不过是他去往京城的路上的一所驿站。在南昌，他改变行头，换上了中国士子通常所著的礼服，开始以一个"西儒"的角色出现在各式场合。他一如往常地随身携带着那些洋玩意，诸如地球仪、自鸣钟、三棱镜、几何象限仪……他费尽心思做了一个拼装式日晷，目的是设法测出南昌所在的纬度。在喧嚣的闹市，他一遍遍展开《坤舆万国全图》，对陌生人耐心讲述南昌在地球上的位置。为了照顾这些黄皮肤人的感受，他有意识地把中国摆在了地图的正中央。相比起过去的人为南昌所给出的种种含混不清的地址，利玛窦给出的这个点，不只是客观空间上的精确，它也将旧世界里的人带到了一个普遍的地理空间中，这个空间，是属于现代的；这不单单是一个地理上的坐标点，它也是现代主体的构成要素。

呼啸而至的地铁，在卫东站停下来，满车厢里出神的人，神定住了；他们的眼睛望望窗外，又望望显示屏。乌压压的人群都朝着出口的方向涌。人们走出地铁站，外面行人如织，商场林立，举头四顾，一块块醒目的招牌，卫东到底在哪呢？这个地名，就像是一个谎言，没有哪件事物真正和它有关。人们可以去某个电影院、饭店、商场和咖啡馆，但人们就是去不了卫东。它是历史留给南昌人的一段回忆，它的肉身已去，留下的只是一个供人怀念或联想的地名。老一辈人，当然还记得赣江西岸的这个叫卫东的村子，这个地名，最初并不是抽象与虚构出来的。卫东是落在丰饶的物和具体的人的细节之上的。那时候，地图上还看不到卫东，地图还管不了那么点儿大的地。城市规划还没有到这块地上，用来画地图的纸就不够用了。但是卫东在赣江西岸的确是存在的，它升起的炊烟还有传来的柴门狗吠都证实了它的生动存在。面对滚滚向前的历史，古老的地名成为了联系新旧事物的桥梁。每次从卫东站出来，闻到从几公里外的田野里飘来的泥土的清香，很自然地就会想到曾经这里的稻田里涌荡的夕阳和晚霞。鹧鸪鸟一声远一声近，还有屯卫里的将军——醉里挑灯看剑时的苦闷与豪情。它们都那么鲜活地涌到我的眼前，让我在喧嚣的景象中看到存在于这里的另一重风景。

卷

三

Volume three

回雁

烈日下，回雁峰广场正中央，一只大雁突然朝人群俯冲下来。我猛退一步。阳光刺眼，光晕在空气中有如黄色的雾气蒸染。眼前的雁原来是一座雕塑，周围还有几只，扇动的翅膀上带着青铜光泽，它们被固定在螺旋结构的大理石上，也有脖子对着天空的，像喷射出去的水柱。随时都可能在幽蓝、深不见底的天空中消失掉。

这是衡阳，衡阳有回雁峰，墨点似的雁阵到此开始回返，就像日子到了冬至或夏至，日子的短长都开始分出了边界，阴生阳退或阴消阳长。时间与空间永远处在不断地回返之中，循环反复，永无尽头。大雁归还处，也便是天的尽头。但尽头并非终止，它正好是一个新的发端，衡阳在古人的文化视野里的位置必然是相当重要，它把一个关于"南方"的边界给确立出来，整个雁阵至此有了一个新的向度。

我想象的回雁峰必然拥有醒目的轮廓，危耸或者磅礴，因为在古人的天地中，山河构成了他们心里的经纬。所有的旅行者都需要借助那座山与那条河寻找到通往远方的路。那标记必然是清楚的，只有足够清楚、高大或者庞大，拒绝普遍与平庸，它才可能是可信与可靠的。但回雁峰海拔却不足百米，每当太阳西斜，周围高楼的阴影压下来，它便被吞没了。

热闹中，深褐色的小丘，颇似一个人造假山。难道那些不断从北方飞来的雁阵就是被这面矮墙挡回去的？对于雁阵中视力不是太好的老雁，这个太不起眼的小山在如风似箭的速度中很容易被忽略。

事实上，也的确有很多的大雁没有在此停留、就此折返，它们继续着向南的旅程，翅膀在快速扇动。它们流畅的线条，并没有发生任何迟疑，天空是没有边界的，只要它们愿意飞，就能一直地飞下去。这么说来，回雁峰不就成了一个一戳即破的谎言？是谁捏造了这个恢宏又诗意的谎言？又是谁相信了这个谎言，并把它当作了世间颠扑不破的真理？

第一笔写下衡阳雁的，竟然是发明了地动仪的张衡。张衡在《西京赋》中有"南翔衡阳，北栖雁门"之句。这也是第一次有人准确地说出了大雁的去向。一个形貌瘦削的农夫在田间地头劳作，当他抬望眼，无意间看到呈"人"字形或"一"字形的雁阵，他感到秋风把衣服吹薄了，世态炎凉，受限于土地的他是多么弱与小。他开始羡慕起天空的雁，甚至幻想着跟随大雁的行迹去往远方，但世间人只知道大雁南飞，却终究说不出在大雁的世界里哪里才算是天的尽头。张衡将谜底戳穿，他给出的，是一个整体性视野。大雁在衡阳与雁门之间往返，这个地理意义上的空间，也折射到人的心里，那是知识人的天下。

此后，衡阳雁便从纸上和胸中纷纷飞出。丰饶、缤纷的意念也在大雁光洁亮丽的羽毛间闪烁。回雁在文人的思绪里变得越来越抽象，抽象到一丝记忆一缕呼吸。它在反复地淬炼与煅造以后，肉身已去，它的灵魂飞进了一个更加广大而精微的世界。

李白写"举头忽见衡阳雁，千声万字情何限"，杜甫写"万里衡阳雁，今年又北归"。几乎所有写到"衡阳雁"的诗文里面，都隐藏着一个关于"回"的话题。原来，南飞的大雁终究是要回来的。古人固然向往心中的远，但走出去无论多远，最终是渴望回归的，回到它们认为的距离内心最近的地方。

天何高兮，地何远兮，衡阳正好为不确定的地理空间划定了一个界线。它也就确保了所有的浪迹不至于滑落到深不见底的深渊。在无数的人看来，回来的，不只是那只大雁，而是绝望与至暗中的反转与起色！

追着一群人，在回雁峰景区里小跑，上台阶、下台阶，心里似有小鹿乱撞。竹篁深处，有长尾雀和松鼠的踪影。抬眼竟然是一扇窄门。门漆成黑色，门楣钉了一块牌子：王船山出生地。大脑连转了几圈，竟想不起此王船山是哪个王船山。南昌有船山路，是有名的夜市一条街，掀开一层层灯红酒绿，面前是一盘热辣鲜爽的烤鱼。当年给路起名的人完全是乱点鸳鸯谱，错把南岳遗民王船山认作是江西老表了。

家住回雁峰下的王船山自小当然是没少看过南飞的大雁。雁字回时，月满西楼。人在屋子里读书，也可以听见云层里的雁鸣声声。他的头脑一时间也出现了放空状态。这些年，他活得并不好。不仅科举的梦破碎了，曾经寄希望的明王朝的天地也崩塌了。如果他也和那些纨绔子弟一样，脾性瘫软得无所谓气节，估计也可以过得很好，但他的身上天然地就有一股湖湘人所特有的蛮霸。这种蛮劲，纵使数十头牛也拿他没有办法。

在明末的遗民当中，王船山堪称骨头最硬的一个，对于各种贿赂与诱惑，他总是闭门拒绝的。年轻时，他携书仗剑，在倾颓的暗夜，还想着为山河续梦。他也曾投身起义的队伍，把雪亮的刀锋贴着对方的脸劲急地划去，可现在他已经老了，鬓已星星，他甚至举剑的力气都没有了。临风而立的目光倒是一如往常地雪亮。碧蓝如洗的天空，又有雁阵静谧地滑动，咿呀的雁鸣响遏行云，也穿透内心。年老的王船山看到无数的回雁，又想起了年轻时做过的梦。他的身体渐渐萎缩着，变得越来越小，越来越轻，国破家亡的哀思如春天的水汽弥漫在粗重的呼吸里，雁尚可回，可是旧国前朝回天乏术啊。

比较起过往的无数骚客笔下的那一只雁，存在于他内心的那一只，却散发着更加深重的牢骚。

冬月

太阳从一个斜斜角度照过来，落在门槛里，越过客厅第一块瓷砖。阳光照进了门里，屋子里的四面墙一片明亮，这种亮和灯火通明是两种境界，灯火照不亮的地方阳光可以照亮。网上说冬至的正午，太阳照进故宫乾清宫，落在金砖上的太阳光正好反射到"正大光明"匾上，匾额下的五条金龙由西至东依次被点亮，发出耀眼的金光。古人说冬至大于年，年就是一种开始，从至阴处慢慢地向阳而生，阴消阳长，年的氛围就慢慢浓了。

新年据说爆竹也不让打了，如果非要打的话，只能放在桶里打，那声音自然是怪怪的，闷声闷气。过年的好处是可以自由走动，可以听见各种人说话，譬如听见一斤花生籽可以榨四两油，油榨掉了，剩下的枯还可以肥田或喂食鸡鸭。又听说公租房五元一平，很多县里乡下进城务工的人都可以申请。尽管房子到底是公家的，但比较起那种寄人篱下的日子来说，好歹也算是有了个家。家给人以一种天长地久的感觉。简单装修一番，再配几个家具，柴米油盐，于是里面就有了一种款款温情。

冬月的太阳光是人间的火炉，围炉夜话不只是在晚上，白天人们也可以坐在院子里围着头顶的太阳说话，他们把慵懒的背和老寒腿拿出来。太阳把人的身体弄得暖和极了。曝日的人，把话头抛到了几十年前的一些人与一些事情上，过去的人和事也来到了太阳底下。热闹的气氛从屋子外传到屋子里，话题漫无边际，谈天就是谈漫无边际的东西。对面的竹篙上是南方人的年货，板鸭、腊肉、腊香肠、腊猪蹄，它们把一个个太阳吃进去，吃够了太阳的腊味色泽油亮。太阳把年货都烤熟了，油一滴一滴地落在水泥地上，年好像一个盛大的仪式，这个仪式中有诸多的细小仪式都在紧张中进行。总之，在冬月任何事都充满了仪式感，比如，泡一壶热茶，剥一枚橘子，向着有光的地方去，抬眼望一望深蓝的天空，读一首未完成的诗，甚至和陌生人对看一眼，问一声好。这一切都好像被注入了庄重的情感。穿上新置的新衣，心里光明透亮，往日积蓄的美好都在这个时刻公之于世，像一个崭新的雕塑，揭开蒙在外面的红布，像桩古老的心事，在信任的人面前说出，像呕心沥血创作的画，挂到雪白的墙上。

　　而新旧的距离只在一夜，或者说只在一瞬。穿过时间之门，一切就有了新的名字。

龙脑的故事

　　我在泸县福集北郊的一座明代石桥上蹲下身来，阳光穿过冬天的树林，一颗巨大的龙脑与我四目相对，它似乎是想借我之口，说出自己的一些隐蔽心事。

　　——我显然是有些老了，我好奇，石匠师傅当初到底从哪知道了我的长相，连我自己恐怕都说不清我到底长什么样子。龙向来就是一件混沌不清的事物，譬如很多人想象我在天上，他们也因此发明了"云腾致雨""飞龙在天"一类的词语证明我应该在天上。《易经》说，"云从龙"。龙和云之间，好像天然就应该是互不可分的。我也曾在另一个场合，目睹过久远的龙画《人物龙凤图》，图画上龙的样子看起来比我飘逸多了，像一条会飞的蛇，它从混沌的世俗烟火里飞出。有一个女人的目光在后面紧紧地跟随着，生怕有一刻分心，龙好像是一个向导，正引导着墓主人完成最后的飞升仪式。但事情一到泸县，龙就不怎么爱飞了，因为龙的身体普遍注入了世俗的重量。龙的体态一下子就变得凝厚起来，像个富贵闲逸的公子。

石刻师傅首先凿出的是我的额头，我的额头显得异常地敞亮饱满，样子就像个玉枕。枕头总是让人打瞌睡的，能让人打瞌睡，必然是叫人宽心的。事实上，也的确如此，人们把我当作布雨之神，他们所祈求的风调雨顺，在我看来，无非是脑海里的一道意念。

这地方的土地里长出的桑、麻、水稻、荔枝、糯红高粱越多，酿出的美酒越厚，他们越对我心悦诚服、毕恭毕敬。弯弯的九曲河流向濑溪河，濑溪河又连接了沱江与长江，盆地里的水与水是相通的，我把丰收与喜庆用水流的形式播散到四方，一代代的庄稼人缔造了所谓农耕文明，而我自己也成了其中的一个隐蔽结构，庄稼人认为，我就是这土里默运的大力。

负责雕凿我的这个师傅是马湾村人，他家世代都是以石刻为业。在泸县，石刻是一门非常受欢迎的手艺。人们普遍认为，石头是可以不朽的，尤其是人们用到的一种青砂石，坚硬不易风化。石头的不朽是因为人们在生活中有一种不舍，人们怀念沉甸甸的糯红高粱以及用高粱酿造的美酒，怀念曼妙的歌舞与鲜衣怒马的生活——舞女们头戴软脚花冠，身着圆领窄袖的上衣，在庭中翩翩起舞的样子，仿佛是听到了一种仙乐。石匠师傅们就像是一个高明的摄像师，一切都没能躲过他的镜头，他把主人心里所有的留念与牵挂都投射在一块坚硬的石头上。深庭幽院、启门侍女在生活里都见得到，但是一颗龙脑的雕琢却是不断地在试探与游走之中进行的。龙角、龙眉、龙鼻、龙唇、龙牙像一篇深度虚构的作品，灵感不经意地迸发，敲下去的任何一凿，都可能影响到整个作品风格的走向。但不管怎样，龙脑的雕刻总算是接近尾声了，石刻师傅好像是经历了一场冒险，涔涔汗水打湿了滚烫的脸颊，心跳仍然激烈。他在雕龙舌时，脑海里总会想到李府书房里的一块巨大屏风，那块屏风上绣着折枝花卉和一只螳螂，他就差点在龙舌上也刻上一朵。他觉得雕龙比雕虫难多了，虫都是具象的，他甚至可以说出好几种虫子触须的长度，但是龙就像水流或者云彩一样，总让他摸不着头脑。石刻师傅看看我，他发现我似乎一直蛰伏在这块石头中，现在终于可以帮助我挣脱掉石头的束缚了。他又用长满厚茧的老手，摸了摸我的额头，转身抱来了一盆清水，我眼珠子被他的清水洗得发亮，好像夏天苍穹里的明亮星星。我看了看这个石刻师傅。他的憨厚样子，不由得让我想起了一粒饱满艳红的糯红高粱，泸县的土地里到处都生长这种红高粱，本地的高粱秆明显要比北方的矮，尤其是当它们低下头颅，一副羞赧的样子，隐蔽的心思也就自然地透露出来。

高粱熟了，漫无边际的酒红远远涌来，那种红并非飘在空中，而是深沉又热烈的，像爱情。手紧紧地握住高粱粒，手心就能听得见嗞嗞的火苗声。石刻师傅被我野马般的想象弄得也忘情了。他想着自己在高粱地里游走，像船头似的拨开水浪。原来石头上的锦衣纨扇、轻歌曼舞都是一粒粒饱满的高粱所赐予的。人们热爱高粱，是因为人们热爱生活，外面巨大的历史变革就在富饶丰满的泸县日子里悄然发生。石刻师傅想着这一切的时候其实已经领会了我的用意，他略略思忖了一下，然后又开始凿了起来。他的动作看起来特别娴熟、陶醉，他把沉甸甸的高粱穗子凿在了我用来生长胡须的部位，原本复杂、含混的思想也被他如此准确地表现了出来，还有什么东西比一串串高粱穗子更具体的呢？多数时候，人们把我当作了精神图腾，甚至把我想象成至高无上的权力，我一会儿被镌刻在宫墙与巨大的房梁上，一会儿又出现在水缸、华丽的锦袍、金座椅，甚至于一根檀木拐杖的把手上。因为与权力裹挟甚密，我也常常让人惧怕，如果谁不小心获得了一个绘有龙纹的瓷碗，那么他很可能招来杀身之祸。

但在泸县，我的形象却并没有那么可怕，或者说，龙与人之间，向来是没有边界的。人们甚至还发明了一种龙舞，十几个身手敏捷的汉子，他们像被真龙附体，他们在用油布和竹篾编织的彩龙中翻腾起来，每一个人都像是龙的身体的一部分，一条披挂彩衣的游龙从金色的油菜花中一闪而过，单调的色彩也多了一点亮色。舞者们都消失了，他们在看不见的龙的内部，瞬间成了龙的灵魂。在川剧打击乐的喧闹中，龙也变得像人一样有了自己的性情，龙与人相互地交织、缠绕着。好像龙就是人，人也就是龙。原来龙是可以被世俗的烟火所感化的……

我想象着自己不久便要被运往泸县的九曲河了，成为河流与长路的一部分，想到这，我就觉得自己的命运将向着世界的丰富性敞开了。接下来，积攒在我身上的不仅是时间，也是一个个有血有肉的故事的开始……

我沿龙桥行至对岸，阳光从高处倾泻下来，落在九曲河的水面。我望了一眼深碧的河水。水几乎是静止的，像块摩挲了几十年的老玉，厚厚的包浆里显出一种荫翳之美，像思想者沉思时凝固的眼神。

饮食里的日常

　　到菜场买了一些本地农民种的辣椒。细长条的线椒，俊俏中带着一股文人的傲气。放砧板上，一边切，一边辣味就从明亮的绿色中迸出来，满眼睛都是辣味。汹涌的辣，老远就把人呛得眼泪直流。辣椒和从赣南带来的腊舌头、腊肉一起炒，赣南赣北都在一口黑漆漆的铁锅里了。腊味在赣南是家家户户必不可少的年货，寻常人家，正月之后的很长一段日子，餐桌上的几个碗里，都是过年吃剩的腊货，它们作为年的某种残余，总要把年的氛围延续到春深时节。此后的日子，从一日南风，一日北风，到三日南风，一日北风，南风呼呼地吹，彻底占据了上风，把人的腿脚都吹软了，门和白墙上的汗珠子也挂不住了，没来得及吃完的腊货，因此也有了南风味。到此时，年才总算完了，餐桌上过时的菜碗一个个撤下来，换上了当季的菜蔬。春天的厨房弥漫着一股守旧之气，旧本来就是用来守的，因为旧并不只有陈旧，旧里面也有许多温暖明亮的东西，腊肉、腊肠、腊猪肝，还有各种腌熏的年货，它们绵延的味道里蕴藏着天长地久的客家新年的气息。但是年还没有享用足够，日子就翻到了另一页。春天的脚步已经从厨房开始进入人家了。水从不锈钢水龙头里哗哗地流出，被清水淋洗过的菜叶，绿油油的，好像从梦境中拉出来的一颗大脑被灌入了某种清醒的意识。春笋、春韭、荠菜、香椿、西红柿、菠菜、香菜络绎不绝地从外面搬进了厨房。红绿青蓝咿咿呀呀，它们像用清脆的嗓子，把外面各种物事说出来，原本昏暗的厨房也有了山明水秀的意思。尤其是卷心菜，赣南人叫包菜，叶子裹得结结实实。包菜叶子被一张张扒下，像裹得紧紧的心事被扒开，越往里面，叶子就越嫩。颜色也逐渐变浅，像吹弹可破的肌肤。赣南人碗里的包菜，几乎都是清炒，至多淋一点麻油，菜叶甜丝丝的。南昌人口味重，炒包菜都不忘淋几圈老抽，菜出锅，黑乎乎的，色香味里面有一股老生开腔的气场。

　　来南昌十余年，无论是性情还是饮食习惯，我依然是一个不折不扣的赣南人，即便赣北与赣南，在地理上都塞进了赣江。江水穿城而过，两地人的生活与历史的背景里都弥散着重重的水腥味。赣北在文化板块上，属于吴头楚尾，楚人的狂狷与吴人的经世致用，杂糅成赣北人的独特气质。赣南人的生命底色完全是一派月白风清，骨子里的淳朴从来都没有被勾兑过。春天的下午，我习惯性地坐在客厅的一张藤椅上，思想古今，偶尔想到曾经住过的地址。以前的人，都喜欢在院子里弄个摇椅，目光幽幽地望着屋里或者门外。日子悠悠下。柴米油盐酱醋茶，串联起无数个日日夜夜。生活的本质，到底不脱这庞大的日常。人们在吃饭睡觉穿衣行走的间隙，心里偶尔也涌现出一些宏大理想，眉宇间跳脱着一股勃勃英气。表面上看，这个住址，好像是与以前住过的任何地址身份上划清了界限，它由过去的砖木结构的瓦房变成了钢筋混凝土的单元楼。尤其是它的大门，再也不至于为了讲风水而摆出一个奇怪的角度。它面貌一新，灯火辉煌，充满了乙烯和甲醛的气味。敞亮的飘窗和阳台替代了过去院子的功能，这里有另一重天地。但是，只要你住进去，在里面呼吸、言语、如厕、欣喜或愤怒，过去房子的许多气息又一样不少地卷土重来，让你觉得旧地址已经灵魂附体，旧日子总是如影随形，再怎么除旧布新也逃不脱它的重重魅影。于是，你也学会了逆来顺受，习惯新环境的关键——是习惯与过去的事物相处。

厨房里的燃气灶上架着一口黑漆漆的钢精锅。这种锅子，而今早已经被当作了古董，很少有人用了。它乌黑的外表是多少个日子熏染的结果。以前的人会把这层黑黑的东西刮下来，当药引子，不知可治什么病。总之，民间的学问广大无边。没有什么是无用的，它们隐藏在日常之隅，冷不丁地，就被人搬出来，派上用场。厨房里的钢精锅里发出咕嘟嘟的声音。炖骨头汤的香味已经从厨房里飘到了客厅。灶台上，文火如豆，就像慢性子的儒雅之士。尽管汤已经好了，但并不急于关火，想着有一锅汤在火上不停地炖着，心里就觉得有许多的事仍在进行。

厨房让处于时间里的人看见了锅碗里蒸腾起来的繁盛的日子。过日子，也就意味着时间不再以昼夜交替的形式简单重复。日子不再是时间本身，日子里面，融进了人的悲欢离合与朝思暮想。人们利用时间，摆满月酒，成家立业，吃团圆饭、祝寿、婚嫁、生子、颐养天年、寿终正寝。日子里冒着丝丝热气，而厨房就是一个保温容器。不仅于此，家家户户的消息也因厨房上下传递。装抽油烟机时，发现抽油烟机的锡箔管通向幽深的烟道，二楼在炖猪脚，七楼在蒸熏肉，九楼在煮花生，还有十三楼、十五楼的菜籽油、牛油散发出来的诱人香味。漆黑的烟道中什么也看不见，抽风机就负责把千家万户的气息推向这根深深的管道。它们之间互相连接，让我想起卡尔维诺《看不见的城市》中提到的那些生铁水管。在这个巨大的城市中，很多东西之间看似无关，但是交错的排水道、烟道、水管、天然气管道却将彼此串联起来。没有谁能够摆脱掉这种隐蔽的联系。尤其是，天气稍稍变暖，有些东西便藏不住了，坐在客厅里，突然闻到被太阳晒得活跃的花香。花香一层层地递过来，像《红楼梦》里周端家的来到贾府里送宫花。那种花香像是面粉做的，纷纷扬扬。数十层楼的地方，都能够强烈地闻到。花气袭人知昼暖。天暖起来，人就像流动的水或飘浮的花香，经常是人在屋子里睡觉，身体和意识就滑到了屋子外。

飘来的世界

多年前，我妈就说过类似的话：退休以后，时间将漫长起来，到那时，索性就把城里的老房子租赁出去，然后再到山里觅一亩三分地，归园田居，安享晚年。因为山里空气清新，水土都是养人的，房前屋后，再种上一点点南瓜青菜，生活自给自足，比起那些用农药化肥伺候起来的瓜豆菜蔬，吃起来不知要健康美味多少。可是自从有了雾霾，渐渐地，我妈当初心里构筑起来的那一番番理想，就越来越近乎缥缈了。大风起兮云飞扬。远方起了雾霾，用不了多久，它便四处飘散。世界像个巨大的连通器，所有的事物都是水，它们被存于空中飘的力量带往一个个陌生之地。

以前，我在后屋里做功课，师院苗圃里的玉兰花香，常常不经意地浮荡过来。纸和笔管里的油墨也渗透着玉兰花的香味,这些香气扰乱着我的心智,使我心不在焉。那时我以为做功课是人生的一种莫大享受。人被无形之物奋力托举,笔在纸上自行书写。可近年我从外地回到家中,晚饭以后,情况就大不相同了,尽管我和往常一样,坐露台上看星星,看飞机,看月亮在天空滑动着优美弧线。嗅觉里,隐隐觉得有类似于氨气的味道从地上缓缓升起,混淆了玉兰花的香味。好奇心让我想探明究竟:不想,就在我家的南边,一去三五里有一条大河,河堤上有排黝黑孔道,夜深人静,常常会有些冒着白烟的沸水从涵洞中汩汩而出。刺鼻的气味一圈圈地在空气中扩大着,它们借着风的力量,借着飘的力量,借着夜的力量,触碰到了我的鼻子,触碰到我爸妈还有我爷爷的鼻子。我妈披衣出户,一遍又一遍地在坪上洒水,把屋子的抽风机马力旋到最大;我爷爷就拿一个大大的蒲扇,试图把这些污秽气味驱赶到十公里远的地方。我明知道他们在白费力气,尽管那些黝黑的排污口距离我家的位置还有老长一段距离。可是,我与它们却被巨大的连通器给串联了起来,使气味无处可藏。尤其在狂风骤雨的春夜,夜半醒来,因为这种难闻的气味,好梦即使不曾破灭,翻来覆去,再怎样也睡不着了。

也许是我妈清楚了这一点——每一个人的世界，都与外面的世界息息相通，外面的世界一旦污秽，里面的世界随即也就被糟蹋了。每座城市的天空，都连接着外面深而广的天空。彼此之间，水与空气密切来往，各种事物在风与云气、现代交通工具的作用下，随时都可能渗透、相互影响。因为这些道理在她陈旧的心里逐渐地明朗了起来，她也就彻彻底底地打消了原来的念头，逐渐明白了城与乡在今天的确是没有了多少差异。

记得在还没有雾霾以前，到了冬天，这个城市上上下下也只有雾。就像没有仿古街以前，城市也只有街。衣冠简朴，古风郁郁。阁楼花窗，深深庭院。可是，自从各种舶来品在街头巷尾风靡以后，这个城市许许多多土生土长的东西就相继销声匿迹了。以前我家饭桌上的那个防蝇罩都是纯手工的，市场上有卖，十分便宜，我舅公将曝晒好了的竹篾用竹刀破开，拉成细条形状，质地柔滑，有好几米长。舅母盘腿坐在地上，一圈圈地编织起来，最后形成一个个漂亮的圆拱，收尾的地方，串一枚铜钱，盛开的，像一朵秋天的菊花。后来这种带着太阳香味的手工制品，渐渐地就没有了，取而代之的，是塑料的，蕾丝的，机械的，花花绿绿的。饭桌上，再也没有土壤的香气以及太阳的香气了。

午饭在太子楼，太子楼在几十年前就有了。最初，这楼我是从《泰晤士报》的一个摄影记者哈里森·福尔曼那里知道的。1942年秋天，战地记者哈里森·福尔曼在家里做了一个大大的梦，当时的整个中国，都是他的梦游场所。他忽而南，忽而北，忽而西，忽而东，没有人说得清他到底是从哪个角隅梦游到这座暮色昏昏的城市。他手里抱着粗大的镜头，要为这一座古老的南方城市拍摄肖像。有一个姓蒋的，矮个、脸面黧黑的男子，三番五次地出现在他的镜头里，太子楼同样没能躲过他的镜头。因为他的这个举动，让我突然有种被历史现场拽进去的感觉。我在酒楼靠北的某个房间里与外省的客人们放浪形骸，言笑晏晏。菜都是地地道道的赣南特色，蹄筋都只取后蹄的腱子，口感淡嫩不腻；油都是山里的油；荷包肉更是要用水塘里的荷叶，荷叶用三伏这一天的太阳晒干，然后再用重阳这一天的月光照拂。这般做出来的，才有味道，有嚼头。舌尖触碰到这样的美味，倏然间，我就觉得自己果真又回到了故乡，回到了故乡的唐代或者宋代。这些年，故乡可怜兮兮地被外面飘来的事物蚕食鲸吞。以前在这个小小的城郭，还保持着许许多多的老规矩。大年三十，我妈总是将我反复叮嘱，洗澡守岁，换新衣、迎接新年；新年刚起头儿，我便跟着我爸提着鞭炮篓子，去山里给列祖列宗们磕头上香，见到亲戚们还要鞠躬问新年好。一年三百六十五日，我妈总有各种告诫，白露这天的水不能碰，立春要躲家里，吃了清明这天的艾饺，疯狗见人也会绕道走。可是这些年，老祖宗制定的规矩都在家族的下一代那里变成了一张废纸，原本已经根深蒂固的观念，也都在他们的头脑里一一瓦解了。年轻人四海为家，传统思想里家的概念——式微，式微，胡不归？还乡太折腾人了，还乡也是住星级酒店，吃自助餐，到消毒柜里取雪白的盘子，见到有喜欢的，就往盘子里盛，烤牛排了，面包了，熏的炸的烤的用酱拌的，肚子圆鼓鼓的，里面像一个大杂烩。出门头脑昏昏，反认故乡是他乡，五味杂陈，东西南北不辨。

面对各种飘来的事物，心想城市四通八达以后，还有什么秘密可言、规矩可言。尤其是城墙拆了以后，城市也变得往来相通。特别是当我妈知道了各种环境之间总是借助于飘的力量而相互影响，她也就觉得实在是没有必要隐了：躲到山里又能怎样？山里有山有水，有野果子，有泉水，可是雾霾就像天上的风雨雷电，世界各地涌来的信息也像那天上的风雨雷电，所有的"地方"已经在全球化中成为了一戳就破的谎言。当初我妈想到山里觅一亩三分地，图的就是山里的一份清静，可是，山里的一份清静如今被外面飘来的事物一件件混淆了，我妈当年构筑起来的理想，都一一破灭了。到底哪才算得上是真正的故乡？

上世纪八十年代，外婆带着我的大舅舅、二舅舅从广西的大外公家探亲回来，火车摇摇晃晃，在路上颠簸了两天两夜，一行人屁股都坐痛了，好不容易带回了几大兜南宁特产，绿豆糕啦，杧果干啦，罗汉果啦……即便到了今天，家里的长辈还是改不了往日养成的习惯，外地出差，临别之际，总免不了买点地方特产。其实这些东西，在我家楼下的超市里都可以买到，四面八方的世界正被无穷无尽地运过来。可是理想的故乡呢，却都是用来隐蔽的，光进不去，色进不去，故乡在黑暗里金光灿灿……

菜一个一个地上齐了，开轩面广厦，我吃一口菜，然后就看一眼窗外的景色，玻璃转盘把菜一个个送到我的面前，我把筷子伸过去，夹一口，然后脖子一昂，把杯中酒一饮而尽，直到吃得满嘴流油，红光满面。

总之，往死里吃，狠下决心，非把流失的故乡以吃的方式挽留回来。后来，所有的酒都浇灌完了，桌上杯盘狼藉，主人嘱我带客人到周围看看。到城墙上去，到浮桥去，到灶儿巷去，到南市街去。到属于故乡的地方去。可是，我心中明白，最终我们都要回去，回到不是故乡的地方，继续生活。

光阴的故事

　　岁末的意思，就是这一年的光阴在你的手上已经用尽了，时间需要伸手向新年索取。新年近在咫尺，但因为自己是一个索取者，心里总觉得亏欠旧年太多。新旧中间，常常会给自己筑一堵高墙，用以遮羞，或一个人在街上低头走路，戴顶破旧的帽子，眼睛埋在帽檐下面。象山路上那些水泥建筑，此时，被金色的阳光涂抹，窗台上的竹篙，厚薄不均的棉被，还有生长茂盛的植物，深藏在植物后面的红润或枯槁的面孔，都在圣洁温暖的光线中得到升华。生活的味道，有时并不拘囿于形状。在形之外，物体表面附着的种种色调，以及它所散发出来的种种隐幽气息，意义才最重大。譬如天气如若晴朗，人与草木脸上俱充满喜色。一切事物皆格外亲切喜人，不再像阴沉的天气那般恐怖森森。

折进象山北路的一条小巷。在一家熟悉的水饺店找熟悉的位置坐下。门面太小了，只能容下三两张方桌，老板是对夫妻，现在堆叠在他们脸上的皮肉，都已经被时间拉扯得松弛了，他们自己也说不清这些年来，剁了多少肉馅，捏了多少饺子。这些饺子，一律被倒进滚烫的沸水里，然后用漏勺捞起，盛进食客的碗里。那些吃饺子的人，吃着吃着，脸上的肉，也渐渐松弛了，沉沉下坠，下坠到尘埃里。我是在听一个扎着粗大辫子的女人和老板娘的对话里，知道了这个店铺已经是老大年纪。

"我总记得二十年前，你那时模样还是个姑娘。似乎刚结婚不久吧。我来这店里吃水饺。饺子皮嫩，肉美，两头尖尖的，十分俊俏。转眼二十几年了，饺子还是那么漂亮。"这言外之意是，人却被时间折腾得不忍细看了。

尽管身体被庞大的日常淹没，可我心里明白，这里毕竟不是故乡。

为了能够呼吸新年故乡的空气，当天夜里，我有意借助火车把自己送往赣州。夜色已经深沉下来，饺子在腹腔里也已经消化了。下午象山路上的那些水泥建筑物表层的金色阳光仍然在我的身体里弥散，温暖如春，光芒散发于夜色，竟让各种事物透出一层光亮。

朋友就在我的下铺。我与他随便说些闲话，闲话在火车的轰鸣声中，时断时续。时间快速推进，我与故乡的距离迅速缩短。困倦时，我便安静躺下，小睡一会。我觉得这一年来，生活固然滋润，但因为骨子里养成的惰性，以及某些没有来得及收敛的念想而使我屡受牵累。这些负面因素，让我始终没法走上坦途。花未曾开，就已凋零了。我的一个朋友，年纪比我略小，毕业之后，始终在南昌、杭州等地方游荡，我劝他为何不找个固定工作呢，安稳过活，他说他很享受当下的这种穷困潦倒、漂泊无定的时光。他的处境我当然能够理解，想必他亦理解我所说的话。许多美好的事物，我们未必须即刻抓住，我们急需要练就的，是抓住美好事物的本领，因为得到此，和失去彼，常常处在一条平衡线上。收获的路上，总是在不断地丧失着，许多美好的品质，就在不断地获取中慢慢被消磨掉了。

在赣州，生活总是透明的，在古城上登高望远，仿佛又回到古人的世界里。偶尔掏出手机，和远方朋友通信。傍晚，在北门附近的园子里漫步。熟悉的事物使人内心沉静，往事被唤醒。通红的夕阳淋洒在身上，一声鸟啼，周围如有红色的烟雾悄然上升。人被这种力量托举，恐惧与悲伤都被过滤掉了。赣州齐备了所有构成家的要素。理想的家，四周应该有院墙，墙上有青苔，有铭文，能够形成一个小小院落。此外，门外最好有河流，可以浣衣、垂钓；路上处处可以看到古井，古树参天，藤葛委地。许多古城，当初为使自己的样子更像个家，四面筑起城墙不算，又在四围掘了护城河。赣州比较起来，家的形象鲜明。它四周有一大圈天然形成的河流，卧于合抱之中的宋代城墙随地势起伏。十年前，我在这个城市里居住，行走，歌唱，放纵情绪，一旦靠近城市的边缘地带，城墙与河流挡住去路，劝我归还。在熟悉的路上行走，我习惯了用手机去挽留一些关于桑梓的碎片。

赣州五中后面有一方爱莲池。池子与周敦颐的《爱莲说》是否有关有待考证。现在，爱莲池里早已经没有莲花了。池水落下去，可以看到水底的暗苔，绿意森森。树和云朵从池子里生长起来，倒影在水波里弯曲着。我在青砖砌的围栏上呆坐到日落。自然界随处充满着各种"空"，不过用来填充空的事物也无处不在。池子空了，天空和树的倒影自然俯就，并且姿态自然——无拘无束。

在东门的某条巷子，租房启事被粘贴在人家的院墙上。上书：有套房一间出租。乍看，忍俊不禁。"套房一间"——想想也有道理，我们在简单却也复杂的环境中呼吸、言笑。俯仰之间，已为陈迹。当所有喧嚣退场，所有热闹冷却，世界只剩下一个简单的外壳，世界再一次回到最初空的状态。"空"是广大无边的，像一个人的内心，等待着各种事物来将它充满。

次日，又是阴天，午饭，与一大群朋友嘴上大嚼着美味，嚼着嚼着，就聊到了城里当年的大户人家魏氏。酒足饭饱，索性就丢下筷子，一行人，说去就去了。车停在东郊路上，魏家大院深藏在这个城市的内里。费尽周折，绕了一个大圈，才摸索到路径。魏家的宅院门墙陡峭，在一条不甚起眼的窄小巷子里，我们终于找到进入这个院落的通道。

黝黑的梁柱，暗处的事物散发出阵阵霉味。外表阔气光鲜的宅子，现在却已经被四分五隔成许多门户，门洞之中，电线密如蛛网。生活杂物拥堵了当年的走廊通道，看见一位老人在门前梳理稀稀落落的头发，说明原委，同时向她问起关于魏家的一些旧事，她说魏家人早已仓皇逃窜，听说好像是去了台北。房子遗落下来，不久就被许多外人分占了，她嫁到这里来的时候，魏家子孙早就已经杳无踪迹。唯独在后院，我们有幸邂逅当年魏家马夫的后代，一个头发花白的老妇。她从黑暗里把门推开，一阵腐朽的木枢撕咬声从一道缝隙里缓缓而来。开始她以为是盗贼光顾，后来看到我们摇摆自如，大方行走，这与她印象里的盗贼很不一样，于是面上渐次地盛开了微笑。她说隔壁最近住进一个惯贼，窃走了她许多财物。

傍晚，雨水又开始淋洗这座城市。雨天的傍晚，我妈送我去车站。天冷，她把雨伞塞进我包里，转身就离开了。我的心突然被什么东西刺痛了一下。我捂着胸口的疼痛上了火车，火车的轰鸣声倒灌在耳朵里，可是这个声音持续了很久才被我听到。

日常的温度

　　最近，我发现自己获得了一种神功，居然也学会了测算天气。以前我爷爷掌握了一些口诀。他常常根据天干地支风向晚霞来测算阴晴雨雪。不止于此，作为体育老师的外公也是这方面的行家，以前他说"东杠晴，西杠雨，南杠刀枪北杠虎"，据说这里面深藏着与天气有关的密码。最近我在朋友面前的几次断言，居然都有应验。前不久看天色预言三五日便要天晴，早晨透过洗浴间的窗子，果真看到一大堆太阳光像一只金色的花猫趴在对面人家的屋顶上。雨水把红砖墙弄湿了，红中泛出一点粉黄，很像一幅刚刚落笔的水粉。我被画面彻底吸引住，在色彩与光线面前，我的情绪总是难以自控。

　　一个人在半边街上低头走路，突然间就想起了上月末九华山上遭遇的一幕：去小天台，要走二百多级台阶。因为路陡，中间根本没有供人休息的平台，于是，便有一些轿夫候在山下兜揽生意。这种轿子看上去特别简陋，竹木材质，中间设有座位，前后伸出两根竹竿，客人坐上，两轿夫一前一后共同使力。我们步行上山，中途遇到两个被轿子抬上山去的客人。一律灰头土脸，样子像附近的农民。一手叉腰，一手不住地把额前的长发往后捋，努力将自己装扮成阔老爷的模样。

以往，穷人即使这样的愿望也难以得到满足。因为在古代，阶级是无处不在的，上层贵族与贫民之间的界限十分明确，很多东西，并非用钱可以买来。而现在顶多也只有阶层一说了。即使穷人与富人的界限，也变得十分模糊，任何人的身份，都可能在一夜之间而彻底颠覆。

早晨去看汪先生的画展。画展的名字借用了苏轼《赠刘景文》里的"君须记"。悬墙上的多是一些瘦骨嶙峋的僧人，面孔都很怪异，脸上的骨头层层叠叠，画笔细致入微，线条流畅得像浸在水里的发丝。我以前很喜欢把玩这些会游动的线条，由这些变化多端的墨迹，很自然地就会联想到有一只力量十足、灵活自如的手在纸上操纵。目光如果沿着手臂再往上走，自然而然地就可以想象出有那样一双眼睛注视纸笔。因为这一层，所以，每次去青云谱看八大山人的墨荷花鸟，就会联想起山人的那双眼睛，乌黑乌黑的眼珠子，目不转睛地盯着我，直到把我看得头脑有些昏胀了为止。所以，我每次去，都不会逗留太久，看一眼，赶紧离开。

墙上有幅镜框装裱的山水，倒是我所喜欢的类型。笔墨很有点黄宾虹的意思。那些线条墨块看似凌乱，又完全可以从纸里抽出来，等到被完全抽离，才发现原来是一根无限长的线藏在纸里。

参加画展的嘉宾中，有两个是地方上很受人敬重的大和尚。他们身上的僧袍黄得透亮，背上都垂着一根粗而长的如意。致辞被音箱放大着，更加掷地有声。他们措辞严谨，思维通达，步骤娴熟，神态端庄，无丝毫的怯场，他们每天都好像在借念经而练习发音，以便发言时表现得更加出色。

中午在广场附近饭店用餐。一方大桌，闲话说了不少，闲话与汤酒饭菜混在一起，把每个人的胃填充得殷殷实实。下午继续坐在露台上喝茶，茶喝着喝着就凉了。太阳由粉黄而逐渐变红，开始照在身上的阳光还有温度，后来慢慢地也就冷了。竹帘上的影子开始暗淡，接着又深重起来。再后来，就来了几个女知识人。戴墨镜者，脸盘稍窄，额头敞亮；一个脸庞稍显晦暗，精神却异常饱满，下巴尖尖，人情练达；一个人面桃花，眼睛水灵，皮肤白皙。座上九人，聊着聊着，天色向晚，晚上各自都有饭局。路过民德路，咸亨酒店与五月花咖啡里的灯照常亮着。我抬眼看了一下天色，料想明天继续天晴。月牙弯弯，像美人新描上去的眉黛。

春夜

　　每逢人间三月，我便希望自己的生物钟能够倒转过来。白天睡觉，夜晚醒着。秉烛四处行走，弹琴复长啸。像虞世南、苏轼、王荆公一样，过属于自己的夜生活。花有清香月有阴。饮酒吟诗，好不惬意。可是当幻想了一段时间，我发现这根本不切实际。首先是因为白昼太吵，所有人都在努力制造喧嚣，拨动声带，扣动唇齿。工厂机器更是轰鸣不断，办公室键盘的敲击声嘈嘈切切；街道马路上汽笛、斗嘴、音响与打闹此起彼伏，城市建设欣欣向荣，让我的睡眠质量大打折扣。我知道大词人柳永酷爱赖床，常常日高上三竿才肯翻身起床，但宋朝的白昼总体比较安静，仅仅是几个卖花女、伶人、摇串铃的道士沿街叫卖。这些声音还并不足以伸入人的睡眠，它们对于睡眠的侵扰简直微乎其微。

其次，在睡觉以外，我还必须照顾到自己的胃，如果成天呼呼大睡，专做白日梦的话，日久必定要成为饿殍或者社会的寄生虫，所以我必须睁开眼睛，睁眼看世界，看见世界，同时也要让世界清楚地看见我，从而使我更好地博得世界的欢心与好感。只有我与世界之间建立起这样一种看见与被看见，互相取悦的联系，我才可能衣食无忧，闲庭阔步。

大概也就是在二十年前的春夜，我常常一个人在赣州的红环路上行走。尽管那时晚自习剥夺了我与春夜私会的权利，但是我依然可以在去学校的路上尽情享受春夜给予我的种种快乐。马路一侧红红的围墙，简单说来，也便是朱墙，它们与夜色努力弥合，呈现出一种赭色或者青灰色，梦幻般地存在于我的视野，形同虚设。仿佛可供身体自由穿行。墙内高大的泡桐满树芬芳，白色的花瓣无风自落。

等到夜已阑珊，沿路返回，春夜已经浓稠，各种甜香置换着体内的浮躁、污垢。身体已然成了一个轻且空的薄壳，以往的我已经不见了，当下的我也销声匿迹了，于是，我便在春夜里成为了一缕青烟。

记忆犹新的是回家途中，需要路过的一户人家，门前是一株高大构树，秋天结着红红果子。这人家世代传着剃头担子，他家媳妇当初进门的角色无非是一个学徒丫头。

　　每年春夜，我打这门前经过，里面的事物都在发生着细微改变。门上先是贴了喜联，"百年好合"的横批引人注目，红红的爆竹纸片儿撒满一地，与春天的花好月圆形成呼应。再后来，秋千院落夜沉沉，可听见墙里有小儿笑闹，或嘤嘤，或咯咯。再后来，就有幼童从门里跑出，在薄如蝉翼的春夜里对着路人遥遥招手了……

躲春

开春之日，苔藓青青，春风习习。太阳冲破雨云，万物生光辉。我在天空下眨动眼睛，阳光像孔雀的羽毛飞向我。阴冷的墙与地面都镶嵌上了一块块温暖的镜子。

这种经历要是换在少时简直不敢设想，我是一个没有资格迎接春天的人，我被阴阳先生直接归到需要躲春的行列。春天来了，人们载歌载舞，穿着漂亮的衣服出现在天空下。但是因为我命理里可能存在一种与春天并不对称的东西，我只能蛰伏一隅，悄悄卷缩在被窝里，等待春天浩浩荡荡地降临，直至节气里的动荡都渐渐平息，我的躲春计划才宣告结束。躲春的过程其实非常压抑，人被反锁在一个漆黑的屋子里，像种子被深埋进土壤。人的天性都向往自由，向往做林中的鸟的。

那个用来躲春的屋子其实也就是我爸妈新婚的婚房。它的面孔至今我也没法忘记。它伴随我的出生。印象最深的，是它浅绿色的天花板，地板被红油漆刷过一遍。开始只有我爸妈在上面踩，后来，又多出了我在上面踩，红油漆就这样一遍遍地被踩得脱落斑驳了。这屋子之前，只是一间土房，爸妈结婚以后，为了防止大雨将土墙冲倒，于是就把临街一面换成砖墙。

躲春的时候，一切事物暂且都被屏蔽了，眼睛上下，一片漆黑，每年立春，其实天地之间到处都是冷风，那时你还无法看到桃红柳绿。躲的对象其实并非春天，而是天光。窗子外的白光被大家直接当作了春天。所以帘子不仅要足够厚，还要足够宽大，能够将窗口严严实实地封堵起来，这样春天就没法找到我了。因为爸妈对我的爱惜，每年立春，他们都让我躲在这个漆黑窄小的屋子里，所以我对于春天的记忆都是从黑色开始的，就像植物对于春天的记忆也是由黑色的土壤开始的。我不知道为什么春天有那么可怕，难道在那些春光的内部果真隐藏着神性或魔性的事物？我的爷爷，那时尽管人生的秋天已然来临，但壮年的余热仍然存留在他的身体里。每年立春，他都不嫌路远，从十公里外的茶芫下老家担来各种农产品和零食。他这么做的目的是显而易见的——为了防止我将阴阳先生的律令当耳旁风。他以家里的权威声音负责监督、指导我的整个躲春过程。唯有在暗室里，我才是安全的。那时，我其实并不知惧怕，因为春天从来没有给过我任何疼痛的经验。是家里的长辈，确切地说，是阴阳先生在我的四周制造了浓厚的神秘气息，他们在我与春天之间，虚构了一种紧张关系。一部分人恐惧春天，并非出于单纯的敬畏，对他们来说，春天并非创造，而是充满破坏的力。春天能量巨大，雨水把铅块重的云层撕破，惊雷总是夜深人静时炸响。这种巨大的能量并不好把握。它就像一头从来没有被驯化过的野兽，无时无刻不在人的内心制造着各种不安。

可事实上，只要春风春雨横扫过来，地上的各种植物就会疯长，它们不再受到任何势力的干扰。春天有意要让大地动荡，雷声殷殷，鸟鸣嘤嘤，眼前一片红的、一片绿的，天地立马就变明亮了。

刀锋

冬阳像水流一样，它让一切物体的形状都变得可疑。街道树的枝条如水草般游动。我右手非常轻松地搭在半开的车窗上。突然间，有一个东西在我的手上吻了一下，直觉告诉我，那是鸟粪。

街道两侧的香樟在冬天仍然绿意袭人，树冠与树冠早已经在空中交会，很容易让人想到卡尔维诺的《树上的男爵》所写到的那一片郁郁葱葱的树林。时间过于遥远，许多发生在路上的事都被交错的树枝吸收到树的记忆里，树是存在于城市里不动声色的记录者。

不经意间，眼前的这座城市，居然多了这么多大树。树是时间流逝的证人。逝者如斯，不舍昼夜。河流通常只告诉人们时间的存在，但它却无法标记时间的长度。当一座城市被一棵棵有年纪的老树覆盖，城也渐渐地有了年岁，城市老出了一层厚厚的包浆，当年朝气蓬勃的一代人，转眼就消失了，世界被另一群人接管。树在一个十字路口，把树冠扩大了一圈，过了些年，又扩大了一圈。绿意沉沉。大树把路变成了一个立体式的建筑，路和树木连接成一个整体，像古代地下宫殿里的甬道。整群的候鸟栖落在林子里，长时悄无声息，鸟一旦遇到惊吓，它们就像乌云般腾空而起。原本安静的树林，突然一阵剧烈的摇晃，鸟粪倾盆而下。如果被好运撞上，真可能人头着粪。记得明代有个叫李达的诗人，写了首七绝：《晓出为鸟粪所污有作》。明人出门大概有戴冠帽的习惯，鸟粪污了暖帽，他也顶多就是换顶帽子而已。现在的人多没有戴帽子的习惯了，鸟粪纷纷落下，落在头顶、肩头的感觉真不好受。

　　这时火辣的感觉在我的手掌强烈起来，细看是一种棕色的泥状物，且有一股淡淡的树脂气味。接着，又一声脆响，迎面而来。一枚熟透的香樟籽从高处飞落，半开的窗玻璃在疾行中成了闪闪刀锋，熟透的香樟果实被对半切开，棕色的汁液飞溅。画面简直触目惊心，像一幕剧的精彩部分。此事件最终在我的手上留下了一道细小如冰裂般的伤口，雪白的阳光从车窗

外涌来，落在怀里，原本内敛、孱弱的冬天竟也一股
肃杀之气，像弥散在金属表面的一层寒光。

六幅画

1

我们所做的梦多是黑白的，类似于早期的电影，等醒过来，梦才是彩色的。突然读到让·波里亚的这样一句话。心头一惊。做了三十几年的梦，从来没有考虑过梦的色彩。每次梦醒之时，看到窗台上的金色阳光，花盆里的绿植，还有雪白的墙壁。梦便因此而碎了。让·波里亚说得也不完全对，色彩是眼前的色彩，记忆是没有色彩的。它永远是黑白片。但它的表面却布满了水的湿痕。从前的人和风景，就像液体，从硕大的头脑里溢出。

2

外面的屋子里无端地多了一个衣架，也不知道是什么时候多出来的。人们随手把脱下的大衣挂在上面。几次三番，让我感觉有一个人立在那，仅仅一个虚空的身体，五官和脸的轮廓却看不到。转头的一瞬，惊出了一身冷汗。傍晚趁没有人，一个箭步扑过去，一把将它拎到了墙角。总算出了一口恶气。衣架的木料非常之轻，这么孱弱的东西，居然也能在人的内心造成如此巨大的阴影。

3

路边的空地上停了一排车，夜色中，它们一律黑漆漆的，车灯都是灭着的。寒风彻骨。这些车子的主人显然已经回到家中，在温暖如春的室内开始了他们的夜生活。突然我的右手好像被地上升起的一团热气推了一下。车熄火不久，这股热气仿佛是从热气腾腾的胸腔里吹出来的。我的手赶紧往回缩，好像在冰冷死去的无数肉体中间，终于遇到了一个活得热情洋溢、豪情满怀的人。二十四日，灯下。

4

阴雨寒冷的天气，十字路口塞满了汽车与电动车，这样的路口，可以想象出来的嘈杂与纷乱。傍晚，天已经全黑了。天是瞬间黑下来的，灯火从黑暗的深渊浮起，像树上熟烂的柿子。车停下来，夜色迎面而来，心里突然被一个力量撞击，这是由滚滚红尘裹挟而来的孤独。刹车的一瞬，人与车都被一个东西狠狠地撞击了一下。路面越热闹，这种突袭感就越强烈。再强大的内心，也经不起这样一撞。灯火纷乱，车如流水。没有一张面孔是清晰的，他们蒙在厚厚的夜色背后。现代人的孤独有时来得就是这么猝不及防。暴风骤雨，整个人都被什么掏空了。大漠孤烟直，长河落日圆。弥散在古人心里的孤独长久而深情，像交往多年的老友，伴随着整个漫长的生命旅程。这种古老的感受延续到现代人的身体，往往就这么一下，撼动的势力排山倒海。再坚硬、迟钝的内心都可能被瞬间击碎。

5

出门一阵冷风，风吹在脖子上，衣服领子好像少掉了一截。放眼望去，阳光正好，草色青青。草地好像刷了一遍油。红枫和银杏都在用特别的色彩标榜自我，红的更红了，黄的更黄了。

风吹来，风充满了各种暗示。附近的某个屋檐下，一锅好油正把锅里油条炸得金黄酥脆。炸油条是一门手艺活，面粉里的盐和苏打不仅要精确到克，油温的掌握也需恰到好处。少年时，每每看见我的叔叔把师傅传授的油条配方抄在了一张皱巴巴的信纸上，但秘方永远是纸上的秘方，并没有在现实里发挥作用。油条下锅前什么模样，出锅后也便是什么模样，热油并没有施展出它应有的魔法。明月不归沉碧海。锅里的面团似乎永远也学不会活跃在人内心里的骄傲膨胀，它消失在滚烫的油锅里，引来周围的人一阵咯咯地笑。

笑声又在冷风里荡漾，我望了一眼落在草地上的阳光。阳光倾泻在草地上，像一口记忆里的深井。突然，有一个七八岁的儿童正从深井里跌跌撞撞地跑出来，背着一个硕大的书包。他的视角贴近地面。他看我的时候，几乎是仰起头的。清澈的目光像两泓泉水从地上涌出，那一刹那，我觉得他所使用的也便是二十几年前我所使用的视角，我正仰望着我的叔叔还有和他一样高大的人影。接下来我不再是去往单位，而是奔向某个教室，在一张已经斑驳的课桌前坐下来。随后发生的所有一切，都会在另一套游戏法则中徐徐展开。

6

燃气灶上的火苗一拧就开了，就像水龙头轻轻地拧开，清水就哗哗地流下来。那一点火苗是蓝色的，也或者是青色的。炉火纯青，那本是用来形容写文章，功夫达到了纯熟完美的境界。但燃气灶上的火苗就这么奢侈地青着。锅子都忘了刷，火苗就拧开了。入夜，家里是应该要有一点火的，尤其需要能够使事物燃烧或者沸腾的火，因为再多的灯火都只是点缀，只有那噬噬的火苗才能把日子烹饪出焦香的味道。

卷

四

Volume Four

看
花

　　在我看来，开在春天的花都是有灵的。那一树火，一树霞，一树雪，让我看一眼心里就觉得怕。我也不明白到底怕什么，也许是怕看了，花就谢了。抑或觉得自己太俗，不配看花，花应存在脑中，闲来想想也就好了。或者在眼前蒙一块布，后脑勺再打个结，就这样，白白地在花下走。我经常梦见自己被各种颜色的花瓣托举在空中，像飘浮的云朵。我也不明白为什么花要托我，只要一想到梦中的事，我的脸立刻就红了。

　　但我和花的遇，总是不能避免的，我绕道故意不走有花盛开的路，但别的路上的花不想也开了。春风一吹，春城无处不飞花，花在幽暗中就藏不住了。房前屋后，都是绚烂的色。醒了。我睁开眼，坐在床上，花就明艳艳地在对面开着，有的半卷，有的含苞，有的怒放，还有的飘落。看到飘落的花，我胸口就觉得疼，那是哀伤的美，一瓣两瓣三瓣，从我的眼里经过，层层叠叠地落在地上。这一切，就像在进行着一场庄严的花祭。

这是庭院里的花事。这样的事，我经历了也不知道有多少回了。每年的春天，花的开开败败都会牵动我的情感，花使我惊叹、哀婉、失眠或者流泪。我觉得花是有情的，自然也是有情的，我也是有情的，无情的是韶华，万般的繁华都在这无情中烟消云散了。

但这一次，不想我会又一次地遇见梨花。这是陌路，假使在庭院中遇见了花也并不觉得稀奇，但在陌路，所有的一切因为不曾预想，花的盛开也就越发地美了。那一日，山色空蒙。雨下了多日，也终于消停了，山野之中，处处都是蒸腾的水雾。我们在景德镇三宝吃过了午饭，又到一个做瓷人家里喝了口茶，也不知座中是谁说了一句，只要沿着门前的小路朝里走，就可见一个山庄，那里有各种散发着奇香的茶水，还有你不曾见过的器皿。有一个留着长胡须的男人，面目清秀，还有一个面似桃花的女人，通常胸口披一条紫色围巾。于是我们就按照那人的指点，径直地走去。

山谷中的阳光一片片的，像云母石一样亮丽。树一簇簇的，像倒插的羽毛。山体背光处，呈浓黑色，迎着光线的部分是透明的绿，那么分明，那么诱人，因为色彩上的变化，绿都是流动的，色流从山之阴转向山之阳。整条山脉都因了光阴的流转在轻轻晃动。

而梨花就在那一刻出现了，它们生长在山庄门外的一块空地上，那么悠然。同行的人，都惊叹那花的美，纷纷拿出了手机，拍照，继而发朋友圈。惊叹之后，他们虽恋恋难舍，但还是走进了山庄。我隐约地听见他们和主人在里屋说笑寒暄，那声音在山谷中有种出尘的静。我并没有进去，我觉得遇见了梨花，其他一切的美好，都可不必再见了。于是，我就呆呆地立在花下，样子像个花痴。心想既遇见了梨花，人生也就奢侈一回，看个够吧，索性将这十几年来对于梨花的空白全都弥补了。

那一树树的梨花，在我的眼前与心里整齐地盛放着，我每看一眼，心里就觉得满足，觉得超然。特别是那梨树的枝干，被雨水洗过，漆黑的，像一种名贵的沉香。而花就是沉香燃烧时的烟了，那么轻盈，幽静。

这香在这山谷中静静地燃，一年复一年，山神都被它感动了。我甚至闭上了眼，想象在花下饮茶，午睡，读书，等人，闲走，做着各种有聊无聊的事情。只要眼不睁开，就这样默默地闭着，花就将一直地放。永无凋败。

人间春色

　　我是在春天结束时来到人间的。当我经历过漫长的夏天、秋天和冬天，才真正有机会与春天接触。我觉得这样挺好。经历过夏天、秋天、冬天的我，对于事物的变化已经更加从容，我会打开眼睛，目不转睛地看着门槛上的白色阳光。因为长期的准备工作，我生命中接触到的第一缕春风、第一片落花、第一声春雷、第一抹春色都是完整的，在漫长的轮回之后，藏着这样一个季节，似乎一切也没有白等。

　　春光年复一年，在经历了人生多少个春天的时候，我终于从沉醉的春风中醒来。发现所有美好的背后，其实都隐藏着一种看不见的残酷，很多东西就在这明媚中丢失了。新的获得，又把那些空白填补起来，让我依然有理由在热闹的人间说啊，唱啊，闹啊，写下心中的各种想法。其实，在我的那个大家庭中，我的那些长辈们对于事物的描述向来是朴实的。比如，他们从来不会用大而无当的口吻说"春天来了"这样的话，他们只会说"起南风了"或者"天暖了"。特别是我的爷爷，他会从那间昏暗的屋子里走到远处高峻或空旷的地方，然后穿上被熨得笔挺的中山装，到我的大姑姑家、小姑姑家还有我们家来住上一段时间。我爸爸刮胡子也由原来的三天一刮变成一天一刮。他们似乎都被一种无形的东西影响着，变得多言、多动，爱整洁也爱热闹。他们开始主动和陌生人搭讪，说一些不着边际的话，然后又把家里箱子底下的东西翻出来，搬到太阳底下晒。太阳也从铅灰色的云堆里钻出来，开始还有些腼腆，然后火球越烧越红，天底下都是明媚的阳光了。

我家房间的地板和所有家具都因为南风的原因而回潮了，我妈就用拧干的拖把在房间里来回劳作。窗子和门都打开了，浩浩荡荡的南风像撒野的孩子从这扇门来，又从另一处看不见的地方跑了。南风的味道是黏稠的，水蒸气将封存在各种物件中的气息带出来，樟木箱，彩电，被褥中的棉絮以及铁锁中的气息被南风带出来，于是人的鼻子就不够用了。春天就这样热热闹闹地进行着，大家跟在春天的后面，手忙脚乱，累得气喘吁吁，但心里面都是美滋滋的，像美媳妇娶进门了。关于春天的细节，我是说不完的。在我看来，桃红柳绿的背后，其实是另一种更加广大的人间春色。我们都居住在这春色中，然后期待或幻想着什么。在柴米油盐中接受生老病死。当自然的春天与人间的喜怒哀乐紧紧地捆绑在一起，当暖风、细雨、飞花和琐碎的日常紧紧相连，你就发现，其实春天中的那些看似最中心的部分，其实都是配角。都是为那些人、那些事服务的。杨柳绿了，别人院墙里的藤萝开了，你在房间里读书码字，闻到松软的气味，它们使人感到欢喜或惆怅，使人产生各种私人化的情绪，春天在人的心中所造成的影响反过来又直接影响着春天的形象。

我想，每座城市的春天都是不一样的，处在生命中不同年龄不同思想层面的春天也是不一样的。那些遥远的有关于春天的记忆总是会在春风吹绿大地的时候被唤醒。我不知道一个人要经历多少春天才能算得上成熟，是不是经历的春天越多，他就越不容易长大。现在，透过透明的玻璃窗，可以看到某栋烂尾楼已经封顶，玉兰与海棠的花瓣落了一地，鹧鸪鸟正好在枝条叫着。阳光与楼房的阴影在马路中间形成黑白相间的条纹，早春的阳光是嫩黄色的，像刚刚长出的新芽。午餐饱饱地吃过一碗汤粉，出门就觉得热了，顺便把扎在皮带下的白色衬衫拉出来。一边走，一边抓着有些微痒的头皮。眼前一阵黑，写字楼大厅里阴森森的，有一股潮湿的、好似苔藓的味道涌入鼻腔与肺腑。这是另一种春光，它和存在于我的那个大家庭中的春光截然不同。我打量着春天的城市。楼房修长，道路宽阔，每一栋楼都拥有光亮的玻璃或金属外壳。里面装着白云、太阳和月光，偶尔也有飞机与飞鸟的影子从中经过。但是春天大多数是在地上的，蚯蚓、蝼蚁，不知名的昆虫，还有从冬眠中醒来的蛇。可是，城市的地面大多被水泥、柏油硬化了。地上并没有春天，春天只有仰望才能获得，你看那些生长在天空的枝条，每一根枝条都丰盈圆润，里面丰沛的汁液像一条条春天的河流。

雨下了一夜，早上出门，吹面不寒杨柳风，小区里的空气好像细嫩的肌肤施了粉，耳朵里、鼻子里、眼睛里都是鸟声。那鸟声在去年春、前年春听过，明年春、后年春你又将听见。我想，只要地球的转动不止，宇宙的火焰不熄，春天总会来的，南风与春鸟总会来的。时间就像一条奔腾的长河，它的两端到底在哪里呢，谁也无法回答。我们都各自处在自己的那一段河流中，看待人生与万物。一个人，从一个个春天中经过，他从亲人的关爱与呵护中走到另一个喧嚣的世界里，当他把自己的腰杆直起，臂膀张开，成为一个独立的人，他会发现，其实每一个春天都是不一样的。那些往事在他的背后投下长长的影子，那些影子和春天的大树在春阳中所投下的影子几乎没有区别。

现实的天空

　　热爱思考的人也常常患一种拖延症。思想上的开阔与深邃让现实里的许多事物变得了无意义。许多事不思考倒好，一旦思考起来自然就心灰意冷了。明白了这点，也就不难理解为什么很多人的主意总是一变再变。你根本跟不上他的节奏。和思想家做朋友当然是有难度的，首先你必须锻炼好一颗强大的内心，不然很可能被他摧残得体无完肤。

　　在思想家眼里，现实根本就不算什么，仅仅是指头上的一只蚂蚁，所有的弯弯绕绕在他们眼底只是一根笔直的跑道。所谓的看透事理，看明究竟，是他们的强项。但假使要他们身临其境，撸起袖子大干一把，估计也够呛得很。因为他们只适合在主席台一边观察，一边思考，一边记录，一边总结归纳。真要让他们去往平地一较高下，他们恐将晕倒过去。

因为现实毕竟是现实。隔岸观火与身临其境到底是两个层面。

我们对于这个世界的想象总是大于世界本身，包括对于任何人的想象都将大于这个人本身。原因是他们常把自己作为世界的中心。现实是无边无际的。它的广袤、丰富与自由让任何人都可以在绝望处找到新的出口。因此，忧伤可以化解，失望可以消灭，落魄与艰难都可以得到改善。任何人都不至于被彻底否定，彻底遗忘。

这就是现实。每个人都可以随意改变方向，然后再一次奔赴他们的渴望之地。我们借此可以想象原始人类的自由生活，在农耕文明以前，狩猎部落在大地上的自由轨迹，那种诗意而烂漫的行动，让大地一次次迸射出热烈的火花。

沉迷权力与过分自恋的人无法看清楚这点，在其看来，任何人都是他所操控的这台机器上的一枚零件——闪光、精巧的零件一旦离开了庞大的机器，将什么也不是了。但事实上并没有谁能够将这机器永远操控下去。任何人在庞大的机器面前都只能是一个附属品，一个忽略不计的部分。时间可以让权力失效，使狂热冷却。要知道这世界除了天地之外便没有什么是可以天长地久的了，人与人应该保持足够的尊重与友爱才可能最大限度地发挥他自身的光芒。不然时过境迁，曾经的价值很可能被贬得一文不值。

对于大多数人的人生而言，吃饭睡觉走路仰望天空就是他们最现实的部分了。庸庸碌碌并没有什么不好，尽管大材小用的事情常有，但真正的大材又有多少呢？心高于天——只会使自己的肉身变得更加沉重，妨碍飞升的力度。当一个人的才华与能力还不至于支撑实现他的宏愿，那么他就只能以无为、沉默、坚忍的方式去对待外部世界。任何大器都需要时间沉淀，任何惊人的一鸣都需要吞咽大量苦水。在无声无息中你可以被众人遗忘，被权势冷落，被暴力摧残。但绝不能被自己轻视。自重与自信是一个人开辟大山的唯一武器。

重重复重重

　　许多事只能称其为经历，无法成为生活。生活说白了，应该是一种永无休止的重复，重重复重重，没有边际。就像寻常巷陌里的人家——扇火、煮饭、烧水，把锅盆碗碟弄得叮咚作响。这些琐碎的事情，因为每天都须面对，不再有新鲜感，生活也因此而诞生了。或者说，是这些事组建起了一个庞大的生活现场。

　　在南方，听雨、撑伞、穿雨鞋是一种生活；在北方，这些事依然这么归类就显得勉强了。

　　今年因为时常外出，卧铺便成为铺展我生活的舞台。在这个逼仄的空间里，我不得不卑躬屈膝，与各种陌生的男女老幼成为上下铺。他们在我的前后四方坐着，躺着，抱头大睡或展开各种个人爱好。瞬息间，许多生活的禁忌就被彻底打破了。在寻常生活里，那些看似不大可能的事，在这儿却顺理成章地发生着，而且发生得理直气壮。譬如一个漂亮女人可以当着陌生人的面堂而皇之喂奶，化妆，嗑瓜子，更换外套。但是你无法否定这一切，每一个环境都有属于它自己的秩序，你不能够用别的地方的秩序去要求这个地方的人一定也这么做，就像你不可能搬出"男女有别"，或者"不是一家人，不进一家门"的常理去要求下铺乘客转往别处。因为这是车厢，在车厢里有属于它车厢的秩序，这是鲜活的另一个生活现场。

在各个地方来回辗转，每次都选择夜行车，每每一觉到天明，火车时常在清早把我放在一个陌生的城市。有时候想起某个朋友在这一座城市居住，于是就把他们约出来喝点酒。假设天气不糟糕的话，就索性由朋友做向导，四处转转，看看山光水色、亭台古迹，然后在暮色时分乘卧铺匆匆赶往下一座城市。

古人也有夜游的习惯。那时候载他们出行的当然不是火车而是夜航船。他们暂时把身体封锁在这个狭小的黑暗里，聆听夜声成了他们与这个世界联系的唯一方式，摇橹的水声与蛙声一一被耳朵捕捉到。这其中自然是充满了诗意与浪漫情调。而夜晚的卧铺车厢比较起来，就没有那么美妙了，里面只有火车皮的轰隆声，辘辘车轮与呜呜汽笛的声音。不过白日还是挺有意思的，趴在榻上，看窗子外流动的风景，沿途除了山丘、阡陌稻田、果园庄稼，还有各式各样的庭院，各种风格的建筑。每一处地方的生活可以说都拥有它独特的个性，它们之间，老死不相往来，从而也保证了这种生活的鲜活度与独特性。但是你作为一个过客，因为每种生活你都有机会接触，所以你对于生活的意义自然也就看得更加透彻。世界从来就没有过唯一的法则，任何一种生活都有它自己的存在方式。我想作为一个客人，更能够看清此点。古人倡导行路，行路的主要目的，我想绝不是为了锻炼身体，也非单独地领略美景，而是有意让我们见识不同地域的风土人情，看到各个地方之间生活的差异，从而对于每一种生活予以足够的理解与尊重。

夜火车

生活之所以无边无际，就因为它容许任何事件的存在。它从来就没有给自己设定过任何一套法则，因此也确保了所有事件发生的可能性。之前两个毫无关联的东西，现在偶然间聚到一起，从这以后，通过此可以抵达彼，由彼又可以联想到此。这种偶然间的聚合，让这个世界越来越像是一个可以互相往来的整体。

无数次坐夜火车回家。昏暗的灯光、嘈杂的人群中，我根本没有办法判断火车行驶的速度。假如在白天的话，车窗既可以供我们看风景，又能够被当作一个简单的测速器。但是在夜晚，车厢与外面的世界完全脱开了，如果不是晃动与轰鸣声告诉我它在前进，我甚至很有可能误以为它就是一个静止的箱体。身体里的困倦与升腾起来的睡意几乎是夜火车上难以避免的两样东西。不过在这个基础上，又有许多东西是时刻变化着的。譬如对面乘客的面孔与漫无边际的想象每次都可能不同。眼前有时是一位道貌岸然的老者，也有时是一位面容姣好的女子。你与他们之间展开的话题从来都不一样。

这一次，因为是站票，我没有参与周围任何人的聊天话题，有意使自己处于孤绝之境。唯其如此，我的头皮才有可能变得酸酸的，与苏轼贬官时候的心境相一致。我有时觉得人与世界的某种联系，是需要通过这种酸酸的感觉去建立的。我们在热闹与喧腾中、欢乐与忘乎所以中丧失了这一部分感知能力。而唯有在寂寞与孤独里，世界在人的面前，才是清明的、真实的，唯独此刻，你才能清楚地看见世界的真实模样。

在嘈杂的车厢里，读唐诗宋词，你可以想象得出，其中有多么艰辛。可事实上，当你尝试之后，你就会发现诗词背后也有一个与夜火车相类似的心境存在。现在我们对于诗词的理解，只认为它雅，类似高山流水。有时雅纯粹是因为距离——对于那个遥远的年代，我们已经丧失了抵达的能力，那时的许多东西对于我们已经慢慢地有了隔阂。所以，那时的一切，无论雅俗，我们都一概认为那就是雅人雅事，心想如此雅致的事物与嘈杂的夜火车环境总是格格不入的。但事实上，只要翻开《苏轼诗选》，读过他的"人生到处知何似，应似飞鸿踏雪泥""白灰旋拨通红火，卧听萧萧雨打窗"，读过"三过门前老病死，一弹指顷去来今"，深情诵读，你会发现——火车这个环境正是制造类似心情的地方。我们从一座城市赶往另一座，或许是逃离，或许是流浪，也或者是苦苦找寻，当然也有可能是回归。人一旦从某个熟悉环境中分离，前方又完全是未知与陌生的。这时，你才彻底地认识了自己，认清了你与世界的关系。

曾经有人说，美总是某种悲伤的美，莫要贪恋。现在觉得他的话不是没有道理。因为美，人不自然地产生了某种情绪，对于美好事物，我们开始采取种种挽留的方式。但确实没有什么东西是能够长久的，苏轼在月亮面前，深深意识到了这一点，因此拿"千里共婵娟"来自我慰藉。或许换一个角度说，正是因为美好的事物相对短暂，我们才学会了欣赏。在这种混杂着酸味与苦味的情绪之下，我们对于古人的内心才有了更深的理解。

岳阳楼

　　一个城市和另一个城市很容易在某种气味中混为一谈。譬如那天在岳阳楼下，鱼腥味很重的风打在脸上，这一瞬，岳阳城就被彻底地置换掉了。它轻而易举地成为了赣州，因为在赣州城的浮桥上，也时常会有这样的鱼腥味冒出来。除此以外，还有一条叫竹阴街的马路也容易引起我的某些联想。街道两侧的法国梧桐腰身粗硕。树皮简直像一张张鬼脸。我以前在赣州的大公路上也时常与这些鬼脸相撞。那时候我手上拎着两个大肉包子，急匆匆地赶往某个课堂。这一次坐在朋友车上，让我感觉到自己似乎又回到童年的那个现场，目光也是对准某个课堂，匆匆赶去。

　　六一兄和我说每个地方都有自己的气场，这些场当然你是看不见的。甚至它连事物身上的某个构件都不是，它们彻底地被人们忽略掉。可是当经历了这样一个事实，你才发现它的力量如此巨大，两个看似毫不相关的城市居然被联系起来，彼此可以互换。

　　君山的好处并不在山有多美，而在于它的地理位置能够让你到湖中心去看湖。当视野被湖水包围之后，思想才会奋力一跃。这个岛的寓意是要人们学会在绝路中求生，哪怕精神上的自救。

　　岳阳楼每隔几年都要被油漆涂抹一遍。进门我闻到很重的油漆味，一个工人戴着一双绿皮手套，正在给岳阳楼化妆。我想这个楼之所以要不断涂抹，那是因为某些人把岳阳楼当作了可以粉饰的对象，就像女人的红唇是每隔几分钟就要涂抹一次的。但事实上岳阳楼对时尚与美并不在意，粗服乱头可能更接近于它的本意。但种种人为的东西并不足以妨碍我对它的喜欢，它通体木质结构，走上去脚下有点响动。古人的登楼之所以为登，就在这一点响动之上。但凡有点回音，便让人感觉到面前的这个楼是一步一步登上去的。登楼也需要有仪式感，响亮富有节奏的登楼声正如虔诚的信徒在叩击神圣之门，纯粹之声一点点进入心灵。许多的事物，想来之所以有味道，便在于它们身上那点隐约之处，譬如墙上点点青苔，搓核桃的那个咯吱咯吱的声音。这些细微的东西若不留神去看，仔细去听，认真把玩，事物中蕴藏的趣味便很可能在人们的眼皮底下偷偷溜走。

土地

生活在太平盛世里的人，总是分外爱惜自己的羽毛，因为此时的羽毛才算是自己的。比照以往，这时的人反而活得小心翼翼，少了过去的那份率性，但却因此更懂得如何去爱物了。我妈和我讲，没有成家，是不大知道如何去爱惜东西的。家给予人的，不仅仅是温暖，更是教人如何去呵护生命中的每一次来之不易。庭院的存在，便是如此，它除了用以储藏那些难得的风月，美好的睡眠，使人陶醉的卖花声，更主要的，是它教人如何以一个主人姿态面对眼前种种。庭院是个精致的容器。

朋友原先是个商人。当然现在也依然是个商人。唯一不同的：之前做老板是在俗世，现在就把地点搬到了世外。作为俗世老板的他，尽管头上疤痕累累，但为了拥抱世外的那个他，他果断地把头发剃了个精光。在青山湖畔，弄了一个三层楼房子。每天打扮得宽衣广袖，为客人烧水沏茶。廊前屋后摆满了奇花异卉。他每天的工作：早晨将花盆从屋子里搬出来，到夜间又搬回去。在女人面前打着赚钱的幌子，背地里却两袖清风。

来喝茶的，不但不收别人茶钱，有时还反过来拿茶礼相赠。当有人问他所图为何，他回答始终如一：玩玩嘛，人生何必当真。许多人因此不敢来了，生怕茶中有药，久喝容易上瘾，最终脱不了他了。那时候，整个人便都是他的了。然而他到底是漠然以待。事情好像没有发生似的，依旧烧他的水，养他的花。拥据着这个小小庭院，读风品月，而庭院也教会了他如何爱惜周围的晨风夕月，爱惜落在屋中地板上的条状阳光。久之，他也觉得，周围花木鸟雀都在他的襟袍里了，当然，他的襟袍里也都是鸟语花香了。

我们每个人都需要有自己的空间，需要有自己的土地。尽管我们不可能一直拥有下去，但是事物在内心深处的这种强烈归属感会给我们许许多多的灵感与自信，在由你所单独占有的这个空间里，由你司掌一切，掌握耕耘与收获，承担种种义务。我的另一个朋友，一年四季身上都是穿着红黑两色旗袍。古风郁郁，脸蛋像极了张大千笔下的仕女。今年夏天，她在莲花寺购置了一间禅房。室仅方丈，可容一人居。平常她忙里忙外，东来西往，近几年根本没有闲情坐下来品茗读书。有一个香港老板，死缠烂打，愿出双倍价格劝她转让，她到底是莞尔一笑。当初她根本就毫无打算，她只是想以此方式寻找到一种归属感。这样做也算是督促自己：真心地爱着这个地方。因了微薄的一点力气，每次到来，都能切身感受到家的温度。我想主人之所以为主人，就在于他懂得如何去付出，如何去做一个真正意义上的建设者，如何去为简单的事物赋予新的含义。

百尺危楼，让你视野开阔，但是它很难激发你筑巢的念想，高楼适合远望，远望可以当归，但却不适合于睡眠。内心的惴惴不安会逼迫你半夜噔噔地下楼去，觅一张榻。庭院适合家居，子规啼月小楼西，小楼坐对晚山横。在那里，你可以听到市声，闻到鸟叫，看到庭院里的芭蕉。最主要的，你有能力深入泥土。当年，丰子恺先生心爱的缘缘堂被日寇炮弹焚毁，为了这个屋子，他连续写了好几篇祭文。缘缘堂对他而言，无论是中央铺着的方砖，还是弘一法师手书的《大智度论·十喻赞》及收藏多年的书籍，都有他的心血注入与种种付出，他的根沾着庭院里的土。因为根深深地扎在了泥土里，也让他毫无理由不深深地爱着这方庭院。

马坡巷

马坡巷的路牌就竖在路旁，像博物馆的玻璃展示柜上贴出来的一枚标签。绿色的。阳光下闪烁着植物的色彩。马和马坡都不复存在了，只是一条充满了鸡零狗碎、家长里短的普通巷子。一个大爷从楼道里走出来，汗衫都已经穿松垮了，像一张皱巴巴的纸。他一走进太阳光里立马就转身折回。他的塑料拖鞋在转身时，鞋后跟啪的一声，打在了水泥地上。马坡巷巷口设了挡车杆，这种杆子是智能的，岗亭也已经撤掉了。人显得十分多余，以前需要人来判断的事情，现在都已经交给了数字人。路与巷子之间，因为有了一道过渡，关系也就不至于那么紧张。我之所以来马坡巷，不只是因为龚自珍纪念馆在这条巷子里，而是因为六年前我在龚自珍旧居的门口拍过一张照。故地重游，看龚自珍也是来看自己。旧居的大门仍然反锁，似乎里面一直有人住，住了一个多世纪都不曾露面。透过门缝，可以看见里面的葱葱绿色。我常常是透过门缝获得一点关于历史的线索，管窥和从门缝看到的东西到底是不一样的。龚定盦就一直住在这个高墙大院里面，连带他的《己亥杂诗》与众多惊人之语都储藏在这个院子里。里面的空气也是当年的，始终都没有被置换过。我呆坐在门前滚烫的台阶上，任由烈日烘烤，想象着那扇漆黑的大门突然被推响。门枢的转动声从肩膀或者后脑勺的某个部位发出来。当然，不可能是定盦先生，他怎么可能从这个门里走出来呢。他就像一条深海里的鱼，那个被高楼与马路包裹的庭院是他永远的深海。

另一种声音

　　机舱里一直发出一种"嗤嗤嗤"的声音，好像是在喷射一种气体，但你不知道它到底在喷射什么，它虚无，你被它包裹。思考发呆打瞌睡或者看报纸，这种声音一直存在，它变成了一种毋庸置疑的事物，类似于公理。它的存在是一种客观性的存在，尽管这个声音听起来并不怎么悦耳，甚至是聒噪的。但没有任何人敢指出它的不合理。相比之下，隔壁的两个陌生乘客扯着嗓子在大声聊天，立马就有人干预制止，这种声音是绝不允许的，它们被定义为噪音或者说不和谐的声音，但是存在于虚无中的那个气体喷射声却始终理直气壮，这不仅仅是因为它的经久不息而让人习以为常，关键是它凌驾于人的意志之上，那个声音始终是未知的，无法怀疑与反驳，就像约定俗成的东西不得不接受。

黄昏的事物

　　天渐渐地暗下来，光线不是立马就收敛起来，而是由天光转为一种暗蓝色，对面大楼上的玻璃幕墙、被雨淋湿的路面都是这种阴郁潮湿的色调。我站在门前，出神地看着街道。一辆电动车在门前的空旷中停下来，有一个送外卖的小伙子，他戴着一顶黄色头盔，好像从深水里刚刚上岸，手上拎着外卖，正急匆匆地走进深不见底的大楼。电动车前灯没来得及熄灭。如果不是因为那一束明亮的光，我根本不知道雨水有那么密集，它们像无数透明的子弹，在光亮中飞舞；而刚才的那个送外卖的小伙子，他就在这种用肉眼无法看见的穿透中，跑了不知道有多少公里。我本来就要走了，但我还是坚持了一会，我想看看那个被暴雨一遍遍击打过的面孔到底是有多么地冷酷和灿烂。

又有一个傍晚，我在家里无所事事，趴在窗台上看外面的天空。突然我的目光注意到对楼的窗玻璃上有一块深蓝色的天空，是那种调了墨色的蓝。像一个深邃的瞳孔，也在注视着对面。我顿时惊了一下。好像一块存放了几百年的记忆被人重新读到。直到有一天，我在几千米的高空，目光向上，发现有一个巨大的穹顶，也是那种古老怪异的蓝，蓝得恐怖。好像历史与记忆都是蓝色的，它们浸泡在深沉、热烈的深渊中，偶尔会在一块黄昏的窗玻璃上浮现出来。

卷

五

Volume Five

书写之语

　　老舍习惯称自己为写家，里面不知是否有自谦之意。王国维《人间词话》也多有"写家"一说，"写家"较之"作家"更有朴素自然的一面，粗服乱头，尽显本色。

　　爱写的人向来都爱思考，情感也比常人丰富。一个人把笔握紧，开始在纸上写，这也就意味着他有了比一般人更开放的权利。他的表达不再只是随意地说话，他把自己的想法和情感一笔一画地记录下来，让思考成为一个可以四处流通的物件。所以书写者的手是神奇又神圣的。

　　我为何写呢，写的意义究竟在哪？老实说来，我写东西根本没有理由，骨子里天生就有爱写的冲动。少时读李白、杜甫，稍长后读博尔赫斯、王小波、鲁迅、奈保尔、村上春树、石黑一雄、帕慕克、加缪、卡尔维诺，阅读让我从中看见了另一种人的人生，我发现文字可以把人的一生的轨迹勾勒出来，让它焕发出金子般的光彩。我觉得每每拿起笔，拿起的是一种如时间般永恒的事物。书写者内在的起伏就像海浪一样，我常常觉得自己在行文时，仿佛乘上了一匹快马，在风驰电掣中，自己成了另一个自己。夜深人静，当我翻开一部小说或者散文，书里的内容就把我带入一个个生动的场景，那些生活里的故事都在眼前一一浮现了。此时，我既艳羡作家的笔如此深沉细腻，又埋怨自己在生活中怎么总是那么粗心大意，这些丰饶的细节和绚丽的色彩当初不也是在我的眼皮底下生动地出现过吗？回想起春天的某个夜晚、夏天的某个午后、秋天的某个黄昏，纸上的那些事物都一件不落地与我有过各种的交集。我不能说自己不是一个在场者，只是我太草率，太大意，以至于丢失了许多生活所赠予我的珍贵礼物，而今我再怎么苦思冥想都已是枉然了。

写家心中既要有写家，也要无写家。有写家眼里才有高山丘壑，无写家心中便有明月清风。真正的写作就是与神相会。古人说，聚精才能会神。下笔如有神的前提是凝神聚气。当写得越多，往往越觉得文章不是写出来的，而是养出来的，养文章先得养自己，养成率真至情的我，才有率真至情的好文章。

书写让我不断地转变角色，与更复杂的时空更浪漫的心灵相遇，著书只为稻粱谋大概只是面上的话，真正的写家所谋的是千里江山，是大地在心灵的疆土上锦绣、深情、一望无垠地铺展。

反观自己，近年来，笔却越来越显得凝滞，笔重千钧。难道是真的遇到所谓的"瓶颈"？不过瓶子正因为有颈才有风致。我在想，我到底是不能写还是不敢写，到底是没有好题材还是内心对于外部事物感知能力在减弱。其实这两点也许都不是，这又得回到为什么写的问题上。写东西一方面是造景，另一方面是造境，心景与心境最难造。写家如果不能够把生命向度和内心风景提供给读者，如果不能够把他的人生态度和精神能量奉献给时代，如果不能够把他的情感记忆与深刻思考推向田野与历史，那么他必然需要坐下来歇一歇，创作过程中的"开空窗"也许正类似于游泳者把头仰起来换气。那一刻，星沉海底当窗见，生命中所有的经验都在朝着他的身体聚拢，穿过文字的这道窄门，他发现了另一个更加透亮的自己，原来所有的写都是为了证明生命在莽莽苍苍的人间来过。

二十岁时，我的笔是掘进的推土机，笔墨和情感都是浓的，生活赐予我的各种人物与故事都可能纳入笔端。那固然是创作的一个黄金时代。可是写家如果缺乏生命的厚度，文字自然也难以厚重。生命的厚度并不是靠堆积年龄来实现的。它需要事情的磨砺、风雨的洗礼。琦君说，眼睛因多流了泪水而愈益清明，心因饱经了忧患而愈益温厚。文字是通往远方的坐骑，在文字的世界中，远和近往往是可以折叠的，这片土地和那片土地上发生了什么，它们最终都会被作为某道折子呈现到我的面前；在文字的天地中，我就是自己的"王"，在混沌错综的历史经验和文化冲突中，需要我给出一个判断，这个爱与憎也是冥冥中无形力量赋予写家的一份神圣使命。

精神的容器

　　近来因为梳理《百花洲》历史，把编辑部储藏的旧杂志悉数翻出，时间久了，柜子里积着厚厚的书香，纸也变得蓬松泛黄。同事们在翻找的过程中，常常会不由自主地联想起花匠锄锹底下温暖潮湿的春泥。

　　转眼之间，《百花洲》就四十五岁了，在精神的意义上，它的年龄却远远大于一个人的四十五岁，因为它容纳了太多写作者的才情与经验。它们堆积在一起，构成了一个特别庞大的文学容器、精神容器。今天，人们称《百花洲》是一份老牌刊物，它的老牌，并不是说它有多老，白发苍苍，而是它参与到了一代又一代写作者的思想建构中，它始终是一个在场者。人们只要提到它，自然就会想起生命中的许多过往，惊讶于文学生命力的顽强。江水奔腾，大浪淘沙，许多东西早已经不复存在，没想到它还在一个不起眼的角隅扎下根来，让人看到一些属于精神的事物还在延续血脉。《百花洲》这个名字，很容易让人想到"百花齐放""百家争鸣"，但是它最直接的来由，无非是南昌的一处地名。外地人到了南昌，大抵都要登滕王阁，访"八大山人"，除此以外，百花洲也是不得不去的。百花洲不仅是东湖中间的一个小岛，它也是古往今来让无数被时间阻隔的文人的相聚之地，李绅、杜牧、黄庭坚、辛弃疾、欧阳修、文天祥把满腔忧思、满腹文采带到这个洲上。他们突破了时间的限制，把鸟鸣嘤嘤当作文学表达，把桃红李白当作文学色彩。《百花洲》就诞生于这深厚的文学传统中。

最近，我读到杂志创办人汤匡时先生的回忆文章。1978年，汤先生在刚刚恢复运转的江西人民出版社里与其他两位同事轮流编一套文艺丛书，主要也就是为省内文学爱好者提供一块创作园地。没想到冬去春来，外面的世界却发生了翻天覆地的变化。某日，他惊喜地看见刚刚创办的《当代》，不久又读到《十月》，欣喜若狂，他用耳朵贴近这些接踵而至的文学刊物，内心怦怦直跳，仿佛听见一浪高过一浪的文学呼声正远远涌来。很快，大家就萌生了创办《百花洲》的念头。当时的小组负责人是喻建章先生，那年喻先生已年过半百，世事沉浮，他的目光表现得异常深邃。这位出版人很快地就拿定了主意，他清醒地意识到创办一本文学刊物将挂起一张多大的帆。在他的鼓舞下，人们撸起袖子，一切都风风火火地干了起来。

当重新翻看《百花洲》创刊号，我们发现，那本还没有来得及划分栏目的杂志就像是一个尚未成形的星体，它活跃、璀璨，显示出办刊人积蓄已久的热念。编辑们各自利用手头那一点老关系把约稿信寄出去。在那个特定的历史时期，这种热念就像是一簇簇火苗，它来不及准备，但是很快就把一方文学的天地给照亮了。

回顾《百花洲》的光荣过往，可圈可点的地方实在是太多了，人们称它为名刊，所指也不只是名气与名望。"名"的另一层意思，即自我指认。八十年代，《百花洲》向国内文坛推介过一大批外国文学，几乎每期杂志都要拿出大块版面译介外国作家的作品。后来，又陆续推出了一系列有影响力的纪实文学。这些作品，领时代之先，既透出一种锐气，摇曳着先锋文学的色彩，又不失厚重感与人文性。上世纪八十年代，几乎每年，《百花洲》都在庐山开办庐山笔会，作家们畅叙抒怀,缔结了一辈人的友谊。几十年来,先器识而后文艺的传统始终都在。有时候,我去外地参加活动,遇见但凡年长一点的作家,他们总是津津乐道于当年在庐山与《百花洲》相遇的美好时光。尽管岁月总是催人老,但是那份文学情感却始终那么真切。重温历年《百花洲》,常常逢遇各种如雷贯耳的名字,可在当时,他们也不过是初出茅庐,顶多算一个文学新人,能在《百花洲》发篇稿子,已经是莫大的荣幸了。经年累月,当年的蓓蕾早已名扬四海。刊物与作者之间,永远是互相成就的。杂志用它的持之以恒构建了文学的历史长河,这条河从来都不是静止的,河水泱泱,它在快速流动,而河流上的船只也在不断消逝与涌现。假如说,《百花洲》真有一种什么风格,那就是始终把作者揣在怀里、将读者当衣食父母的风格,文学作品的传播与经典化的过程,作者的努力与编者的精心打磨自然必不可少,但读者所持的审美也始终是一个有效且有魅力的向度。

面对前辈们留下的巨大"家产",有时候我竟觉惶恐。在网络化时代,文学聚焦的效益日渐衰微,过去的"文学整体性"不断地被拆分与瓦解,许多能量都蔓延出去了,热闹的也变得寂静了。尽管纸媒的主权在不断旁移，但人们的欲望与情感中仍然需要文学，内容仍然是杂志不可或缺的主体。

四十五年了，《百花洲》所经历的，正好反映了一代又一代人精神与物质生活的变迁。在纸媒会不会消亡的问题上，我们始终听到两种截然不同的声音，但不论哪一种，文学的根本总会借助于某种载体存在下来。正如从影片《长安三万里》中，我们看见了一个真实的长安，长安并不是虚构的，它聚集着像李白、贺知章、高适、张旭等一大批才华出众者。每一本有理想的文学刊物都有理由成为自己的"长安"，这里面洋溢着办刊人的热情，收纳了广阔的生活形态，布满了通往思想迷宫的入口。"百花洲"描述的也是一个文学生态——"落红不是无情物，化作春泥更护花"。

风流犹拍古人肩

　　这两年，我陆续写了一些和脚下这块土地有关的散文。我觉得作家写文章就像农民种地，都是在和土地打交道。我生长于赣南，千年以降，不管人们赋予了赣南这块土地多少的文化内涵，说到底，它终究是一块土。每年过年回家，我都要到祖辈曾经待过的一个叫茶芫下的村子里走走，最让我陶醉之事，便是在山头上坐一整天。山上多松，惜不成材。这种土，多是由卵石风化而成的，呈现出很强的酸性。它所含的有机质很少，土质也比较黏重，不太适合作物的生长。而多少辈人，就是在与这块红土的交往中用尽自己的一生。他们的血泪故事里，都掺入了这种橘红色的土。无意间，我翻出二十几年前一大家人在凤岗水库前的合影。那是冬天，人们穿着花花绿绿的棉袄，隔着青绿色水面的是一抹红褐色的野岭，尽管那种裸露的红色现在已经很少见了，它们被葱葱绿植包裹起来，但那种色彩却是赣南这块土地的底色，它像是从一幅唐宋古画中萃取来的。

这些年，我因为参加各种采风，又到了江西的其他的一些地方，赣西或者赣北。我发现每个地方的土里面都有着巨大的蕴藏。土的颜色、气息以及从土里生长起来的各种风物与风俗，它们的气质都截然不同，它们或朴素，或豪壮，每每引我以无尽的遐想。

写散文其实也就是在讲述人与土地的故事。我的那些写作的冲动和灵感最初都是这片土地给的。我以前虽然也写过一些关于土的文章，但是却并没有土地的概念。土地所关乎的，不只是一个特定的空间，它也是一种生命的在场。前几年，我追随红军长征的足迹，在赣粤湘交界处行走了一段时间，当大地真正被双脚丈量时，你就会发现它前所未有的辽阔、幽微，到处充满了诱惑。长征的历史是红色题材写作的富矿，有太多感人的故事发生在路上。我在寻访的过程中，存在于长征路上的那些客家人的院落蓦地闯入了我的视野。院落原本是用来居住的，可是当它与宏大历史串在一起，它的角色自然也就发生了改变。院子里居住的原本都是些普通人，他们的一生，无外乎都是用来种地挑水砍柴的，可是当他们与特殊事件汇合，生命也就有了不同的维度。

前年冬天，和省里的几位作家来到罗霄山脉下的汤湖采风。对于采风，我骨子里向来有种偏见，认为采风与"采风体"天生具有血缘关系。其实不然，好文章都是采出来的。古人说，有史失而求诸野。采风虽严肃但也极风雅。惠风和畅、清风徐来、春风桃李，风自有一种诚实、浪漫的品质。它们携带着各种时间与日常生活里的气息在田野上自来自去。汤湖的土里盛产茶。种茶制茶在这里有着悠久的历史，家族式的制茶作坊遍布大小村落。我觉得在汤湖所喝的这杯茶和平时所喝的都不一样，尤其是当我看到门前的重重青绿。一片片茶树叶子就大隐于深厚磅礴的绿色之中。它们被人采摘下来，又被不同力道的手制作成不同味道的茶。这个过程，正好实现了茶由"自然的"到"人文的"转化。两百多年的时间，一部汤湖近现代史其实也就是茶叶出山的历史，面对茶叶的出山，说实话，我的心情其实是复杂的。写作常常会让我的心陷入纠结与矛盾中，在复杂的关系之间，有时很难做出明确的判断。散文永远是在给自己制造难题，当你处在一种两难境地中，那块土地也许就真的来到了你的足下。后来，我把这段采风经历写成散文《出山》。每写一篇，都像是一段心灵的旅程。当孤身走进历史的田野，常有一种舍身忘己的感觉，天地广大，悠悠古今。这是写散文的苦忧，也是写散文的乐趣。

辽阔的江西大地，总有写不尽的风流。身处文章节义之邦，这里的土地都是墨水和血水浇灌的。往日的各种人物与故事涌向笔端，往往让我心潮澎湃。土地作为一种恒常之物，它把那么多的风景与面孔收入囊中。写散文就像是变魔术，它把各种隐身之物变出来，但这种变，却并不是无中生有，散文是去遮蔽的，是更深层次的挖掘。在散文中，我觉得历史并不是过去时。相反，任何历史都处于一个进行时态。今人和古人在特定的心境与环境中总是心气相通。而各种庸常琐事正是连接历史与现实的通道，散文就是这个通道，它让分散之物互为整体。散的意思也就是不散。散是为了聚神，也是为了聚文章之心。我借助于这个理念，创作了散文《行云》，我想通过家族叙事转而进入到一段特殊的历史之中，在这篇文章中，我探讨了一个问题，也就是土地与人的关系。土地是无情的，但是人是有情的，人们总希望通过土地对人的标识获得一种自我身份上的认同。南归的辛弃疾如是，我的祖父、父亲如是。其实，任何题材的书写，我想都不能失了温度，远了人心。土地因为有人的耕种与咏叹而变得愈益温厚，历史因为有人的整理与共情而变得愈益清明。

写散文是一次次灵魂的探险。多数时候，提起笔，中心摇摇，可是大块假我以文章，只要脚步勇敢地迈出去，一个个金灿灿的句子就会从土里冒出来。写文章写得不只是文章，写得也是试错的胆量。人迹罕至处不仅有许多陌生风景，还有被陌生风景所激发出来的惊人创造。最近，我沉浸于赣州福寿沟题材的书写，我觉得这条沟福寿千年，它早已经不再是一条单纯的下水道，它是古人与自然和谐共处的典范工程。心里想着有件欢喜的事要做，整个人都热气腾腾。散文书写总能在空阔的大地上找到自己的一块地，这块地是用来耕作各种奇思妙想的，这些想法在春花秋月中肆意生长，总会长出自己的模样。

灯塔

中国文人向来都有登高的传统，孔子登东山而小鲁，登泰山而小天下。其实文人们登高，更多的并不是证明自己的大、天下的小，而是希望登到高处，能够与同样的灵魂、更好的自己相遇。在我看来，鲁院就是此时代这样的所在，危楼高百尺。那些心里燃着文学火焰的人，突然都出现在了这个高高的楼上。于是，四目相对，内心觉得似乎终于找到了组织；于是，脚下白云飘飘，心中小鹿乱窜。

我很庆幸，终于有机会来到鲁院。我觉得能真正贯穿起我近十年生命的一条隐蔽的线索，就是鲁院。在我生活的周围，时常能够听到某人从鲁院学成归来的消息，当他们回到自己生活的老巢，就开始扬扬得意写有关鲁院的回忆文章，说鲁院的奇闻趣事，晒鲁院庭中的花花草草，仿佛开口不谈鲁院事，读尽诗书也枉然。于是我心里痒痒的，好像是中了一种毒，叫"鲁毒"。虽然心中向往，但每每碍于面子，又不好向组织明说。于是我被这种纠结、纠缠的心绪折磨许久，到现在，这种复杂的心事终于可以放下了，因为我终于坐在、躺在、站在、蹲在了鲁院的院子里。我吃着鲁院食堂的米饭，听着鲁院半夜窗外的雨声，呼吸着万古文章的空气，内心因此无比地满足，觉得这就是苏轼的雪堂、归有光的项脊轩，或者干脆说成鲁迅的补树书屋。总之，这是一个让我脱胎换骨，可以虚构出一万个我的地方。

我在想，这里面到底是一种什么样的力量，能够让我那么歇斯底里，难道只是对于文学的着迷与沉浸，只是因为这里是中国当代文学的温床与摇篮？我想，原因并不只是这些，鲁院所承载的，不只是文学的重量，它也关乎每一个有着文学追求的个体对自我身份的确认与辨析。这是千万人的鲁院，更是作为时间与历史的鲁院，每一个走进来又走出去的人，他都会把自己的气息、趣味汇入到鲁院的空气中，然后凝结成属于这个地方特有的符号。

在鲁院，我无意间读到迟子建多年前写下的《十里堡的黄昏》。她说十里堡是都市里的乡村，能让她想起北京的，总是北京东郊那个叫十里堡的地方。那时的鲁院就静静地坐落在这巨大的空旷中，它像手臂一样高高举起的楼房就在这静谧的黄昏中熠熠发光。在很多年后读到迟子建的文字，虽然文字中的景象已不复存在，但走在雨后的嘈杂中，想着曾经的画面，依然内心有一种欢喜。要说一些东西本也平常，它们只是城市中微不足道的一处，是作为庞大生活中的一个角落，然而却被一些喜欢观看、思想的人用笔写在纸上。这些风中的纸片雪花般飘洒出去，它们也不知将要飘到哪，将被什么人看见。然而，事情的有趣之处，就在于它们总会被人看见。最后，这个本也寻常的地方就被人群中的另一些有心人记在心头。在文字的参与下，它居然也成了时间中的一个亮点。而鲁院正是中国文学坐标上的这样一点，此点为大，不断有沙粒聚拢，而它也在不断地接受着这些沙粒。最终，它成了一座高耸入云的塔，一座有关于文学疆土上的高塔。

红色与日常

一段时间，红色文学中的红色部分被过分抽象与放大，相应地，作品里的人也被符号化了。那些平凡面孔藏在伟岸与高大后面。而作为日常与情感中的人却面目模糊。阶级性与人性始终处在一种紧张的关系中。我们很难在波澜壮阔的革命洪流内部捕捉到鲜活的人的细节。可是，我们每天都活在各种细节中，细节在对我们的面孔进行深化。

红色文学从根本上看，仍然是文学，仍然在对我们祖辈所处的、我们所处的现实予以回应。它的主体并不能简单粗暴地概括为压迫与抗争之间的关系，它所诠释的也不只是理想、信念与热情，它的丰富性与复杂性源自我们每一个活生生的人。革命理想高于天的背后是被血肉之躯包裹的灵魂在现实面前的反应。

由此而言，红色文学不应脱离它自身的"场"，我们也不应脱离具体的环境去谈论评价一部红色作品。

几乎所有的红色博物馆里弥漫着浓郁的生活的气味，展馆里陈列着各种红色文物：火钳、柴刀、煤油灯、草鞋……它们中保存了珍贵的红色记忆。

多年前的一个冬夜，我爷爷也是握着一柄同样的火钳，肩披大衣，把一颗漆黑的蜂窝煤放进煤炉的。火钳的铁柄上缠着细密的藤条，它是我家一日三餐不可或缺的物件，它与熨斗、铁锅、剪刀、拖把共同扮演日用之物。另外，陈列室里的柴刀和我爸劈柴用的也并无两样。可是这些生活器物后来都消失了，没有谁记得它们后来去了哪里。相比之下，纪念馆里的事物却能够对抗时间，显示出强大的韧劲，到底是什么东西让它们在时光中不朽？

这也无形中给我提供了一个新的文学视角——如何穿透红色，洞察红色背后的平凡与伟大。一件见证了红色革命的火钳它当然也通向广阔无边的历史。历史里容纳了所有人的歌声与呼喊，里面有风吹过的痕迹，有湖水荡漾时柔密的纹理；如何让红色文学中的人更好地回归真实，让红色书写获得尊重，让红色与日常、人性互见，这是红色文学不容回避的问题。

长江有情起歌声

——长江文学论坛发言

　　我每到一个地方，就会不自觉地掏出手机，看看地图，给自己一个定位。心里想，我究竟在哪呢？周围山的名字、河的名字、亭台楼阁的名字会告诉我究竟在哪。这一次，我和往常一样，开始探究起我在哪的问题。点开地图，吃一大惊，不想我和长江有那么近。好像指尖轻轻一滑，就会滑到江里；伸根指头，大概就可以通向黄鹤楼。当年登上黄鹤楼的崔颢，放眼望去，晴川历历汉阳树。如果视力再好一点，很有可能就要看见我。在我周围，是滚滚长江，是龟山，是琴台，是知音岛，是鲁肃墓，是晴川阁。每处地方，只要稍稍一想，就会有浩瀚的历史涌出来，他们清晰而准确地回答了"我在哪"这个问题。

最早的时候，长江仅仅停留在我的想象中，想长江想了多年，想象的依据是各种与长江有关的诗句。我很惊讶，中国历史很大一部分竟然是围绕着这一条江而展开的，中国文学的很大一部分也是围绕着这条江而展开的。《诗经》说，"滔滔江汉，南国之纪"，"汉之广矣，不可泳思"。文章的历史层层叠叠，一代代文人都对这条江含情脉脉，深情款款。长江有意化作泪，长江有情起歌声。长江融入的眼泪和歌声太多了，它早已经成了一条时间和记忆的江河。我在想，到底是一种什么力量，能够让这条江始终保持着那么丰沛的活力。大江流日夜，能够承载起杜甫、李白、孟浩然、刘禹锡、苏东坡、黄庭坚……那么多文化巨星的惆怅与欢喜。

这又不得不回到今天论坛的主题：长江文学的时代表达。长江不仅是历史中的长江，也是现实中的长江。它的时代性不仅体现在当下，也体现在过往。门外滔滔江水承载的其实是所有处在现实中的人面对没有边界的外部环境接下来可能去往哪的问题。过尽千帆皆不是，斜晖脉脉水悠悠。这是处在江楼上的人，面对奔涌的大江胸中泛起的心事。昨晚上，我在酒店床上，大江与我平行而卧，早上起来，隔着玻璃，白茫茫的江水无声无息，江上货轮频频往来。我觉得长江已经走到我的日常生活中，当我刷牙、饮水、沉思片刻，长江便十分自然地出现在我的视野里。我觉得我的这种经历在古人那里是再平常不过的，江就是他们生活的一部分，也是他们整个人生的一部分，如果他们的生命中没有长江，他们还怎么去实现自我的生命更新，怎么和流动的世界交换经验，怎么去向心中的理想做交代？李白二十多岁时，便有仗剑天涯的理想，长江成就了他的理想。二十出头的苏轼和他的弟弟苏辙、父亲苏洵一起，从眉州出发赴汴京任职。父子三人舟行六十多日："我家江水初发源，宦游直送江入海。"一个满怀理想的人，他的生命一旦卷入长江，就开始显示出巨大能量。他开始从窄小的、充满局限的天地走向开阔的、开放的天地。大概在十年前，我第一次来到长江边，是在黄石的某个酒店的假山上。当我看见江中的白色漩涡，内心有了一种豪迈之气，我突然觉得自己好像被苏轼附体，豪情满怀地对着江水朗读了一首《念奴娇·赤壁怀古》。后来我才知道，真正的赤壁还在上游几十公里外的黄冈。虽然我怀古的位置有点不怎么准确，但我想长江还是这条长江，江水始终都是浑然的整体。

如果探究这些江水的来源，我们会惊讶地发现，长江的毛细血管很可能就是千家万户的洗脸盆、洗菜盆、屋檐下的水滴，甚至每个人的呼吸与汗水。这是万千处在现实生活中的人构建起来的江流，他的表情和性格也就是无数处在现实生活中的人的表情与性格。我们所经历的也正是长江所经历的。"滔滔江汉，南国之纪。""纪"是什么？"纪"便是连接所有线索最关键的脉络，这个作为灵魂性的存在，它始终在默默地沟通、联系、传递、汇总各方面信息，实现着有关人文与人心的对话。汉江、湘江、赣江因为长江被串联起来，更多的支流被它蕴藏的巨大能量串联起来。这个庞大水系作为一种整体性的力量被不断地诠释与注解。就像文学的经典化的过程。今天，我们坐在长江之畔，这个曾经被无数目光打量过的地方，彼此将自身经验、记忆与情感抛向另一条大江，在这条江水中我们将重新看待自我。可以想象，苏轼在黄州，在长江边的那些日子。在水边，他试图通过江水看清楚自己，他在打量大江的纹理也在观察自己的思想脉络，这种纹理与脉络，正好也是每一个处在现实里的人反复表达的内容。

内心的独白

　　翻书和跨年的性质是一样的，有时候一页翻过去，一点印象也没有，就像有些年本来就是用来虚度的。年头到年尾的距离也许就是一个转身。

　　这一年并没有哪一件事能够让我感到非说不可。我只是半清半楚地活着。呼吸空气，观看周围事物，看花、饮酒、四处云游，处理琐事，在深深浅浅的睡眠中沉浮灵魂与肉身。任何两件事都可以合并同类项。没有写下一篇自认为满意的文字，在文字面前，我意识到越虔诚也就越胆怯，我很怕被人看出我江郎才尽的迹象，或许我就像一个练习内功的人，因为过分地沉湎于那个酝酿阶段，反而没有勇气让自己真正地出手了。因此我就不经意地学会了沉默。一个写作者短暂的沉默至少不是一件坏事。我开始从各个角度俯瞰大地，重新体认熟悉的事物。我第一次深刻感到写作的目的不应该是写，写作的目的更多应该是学会观看，对历史与周围人群保持足够的敏感。我喜欢那种成竹于胸的感觉。就是一大堆竹子已经在胸中郁郁苍苍，甚至于哪一根竹子在哪个位置旁生枝节都想好了，但就是不把它们搬到纸上。这种感觉是非常有趣的。因为任何一篇文字都代表了一个空间。在文字没有诞生以前，这个空间是自由的，可以装载任何的事物。

我常常就在梦中，或者无聊的时刻想象那些情节与人物。他们在我的调遣中交通往来，像部影片。这一年，我在日历上写满了各种自勉的话。我依然坚持每逢节假去看望亲人。我每次从我爷爷住的屋子里出来，内心就涌出一种悲凉情绪。因为我不知道这种看望还有没有下一次了，这也可能是这个歉收的年份唯一可以炫耀的事情。生活常常把我带向迷途，在复杂的人事与交往圈中，我喜欢那种金子般的纯粹。饮酒、朗诵或者歌唱。曲终人散，然后期待下一次的雅集。尽管生活中的大部分人都是陌生人，但酒后微醺的阶段大家的灵魂一律悬挂在空中，晶莹剔透，发出光芒。我不知道对这一种人生境界的向往到底是哪一个宗派的思想。佛抑或道？好像都不是吧。但我至少知道人和人在一起是可以互相影响的，当一种特别的气质在人群中出现，它不仅可以聚焦各种人的目光，也可以消灭掉彼此的陌生感。

也许是这个社会本身就是由多数平庸构成，我们实在没有必要以一个诗人的眼光要求太多。很多事情都属庸人自扰，近年我逐渐看清楚了这个问题，越来越觉得世界是宽阔的，人心也应宽阔一点。每种人都有适合他生存的土壤，每种追求与信仰都能拥有他的同道。任何复杂的心思都应该以简单的眼光看待，只是外在的处境与当时的那个气氛制造了各种迷障。在黑暗与孤独中每个人的内心都是冰雪做的，我常常就在这个时刻，在夜的深处反省体察自我。我也因此看到了透明的自己，但同时我发现自己很多瑕疵无论如何也没法抹掉，这可能就是胎记了。一个优点和缺点一样多的人在人群中也许是褒贬不一的。但如果一味地减少自己的缺点而使自己成为一个完人，那么这个人是否还能够留住自己的个性？是否还能够留住"天生我材"？

时间的痕迹

——《墟土》后记

　　我对"墟"这个汉字的理解是这几年才开始变深刻的。

　　以前，我以为"墟"也就是废墟一类的事物。断壁颓垣，瓦砾、灰尘，以及拆迁工作进行到一半的残破建筑。后来，我在赣州旧城改造的工地现场发现了一些有关时间的秘密，挖土机的利齿掘出的土的断面像一张鲜艳的壁画，那些经过时间沉淀形成的不同色块让我惊喜万分。同时一种更大的悲伤也迎面袭来。我将笔握得紧紧的，用千钧之力写下《虚土》，华栋老师说这题目已经有人用了，也为了使土更像土，索性改名《墟土》。加上土字旁，悬浮在空中的土也因此有了着落。"墟"在字典里有大土堆、故城，以及乡村集市等多重指向。它们都是我喜欢的事物。墟，大气、饱满、活跃、自信。你想想，在平坦处，突然隆起这么一个圆圆的东西，上面可能长满了草与树木，也可能一毛不长。但我心里却觉得墟的样子有点像人类文明的童年，不加修饰，自然天成。在墟的中心，你能感受到各种笔画尚不成形的汉字在里面踢腿、伸胳膊，里面一派生机勃勃。当然，我也喜欢废墟的墟。喜欢那种颓废荒芜的感觉，像一张十多天没有刮过胡须的脸。每一件事物都会随着时间的推移最终成为巨大的墟，每个人一生中经历的事都像颜料一样堆积在大地上，一层又一层，然后变成漫天的土。我想到我爷爷最终躺卧在草席上的那个姿势，那种和大地保持平行的状态。当然我的理解也并不悲观，我想到人间许多美好的事，许多可爱的脸，他们都装在墟里。墟是最结实的酒缸。装着最美的友谊与最美的记忆。我在这本取名为《墟土》的小书中大致也就写了这么一些东西。比如生养我的城市，以及城中我的众多亲人，我的过往，我血液中的狂妄与偏执。我喜欢把自己始终埋藏于这庞大的墟中。在不见天日的暗室，我能够真实地体会到时间在每件事物上所花的心思。

另外，根据字典里的解释，"墟"也是丘陵，而我在这本书中反复提到一个地名，赣南。它周围的地貌就像是水面腾起的层层细浪，大片的丘陵把原本光滑平坦的土地变得皱褶纵横。这是一张有故事的脸，脸被无尽的岁月磨洗，皱褶里嵌满了出走者的慈悲与苦难。作为一座拥有一千多年历史的老城，它记得我祖辈搬来时的样子，也记得我出生时的样子。我家所有的过去以及我的所有的过去都被它收藏起来，但它并不把这些给人看，它将这些隐身在时间里，像一个硬盘，将一切收藏在庞大的墟中。每年春节与各种节假，我都要给自己买好车票，回到那，看看熟悉的天空与城墙，看看老街与各类行人的脸。我有意使自己置身于闹市，在各种琐碎、日常中，我深刻体会到故乡在一个人的骨骼与血液里的强大生命。屈指算来，我已离家整整十年。在这十年中，我深刻感受着人在大地上，重量总是不断增加的，命运会把你一点点变得沉重，在沉重中渺小，以至于无法再远走高飞。在世俗面前你在一步步妥协，一步步落为一个俗人，这是宿命，也是现实。即使万物成灰，但墟还在，它将托举你，让你看见更多世间的隐蔽事物，看到天空与河流上的反光。古人讲，墟土之人大。尽管这意思我不甚了了，但我看来，人站在墟土上，自然也就和墟成为了一个整体。

书缘

　　春天了，满天空都是鸟声。人坐在屋子里读书，如果不开灯，眼前总是亮一阵又暗一阵，阴晴不定，雨说下就下了。灶台上文火如豆，一锅山药汤慢慢地炖着，热气从锅子里冒出来。汤的香味飘得满屋子都是。过了正月，年总算是过完了，过了年就是春天了。随手抓来一册书。竟然是十几年前淘来的旧书。屡次搬家，它都是一个死心塌地的追随者，对待它的主人，永远是一副不离不弃的态度。每逢搬家，总有一些东西会无端地遗失掉，也不知道它们到底去了哪，总之，是再怎么也找不回来了。但这本《乐府诗选》却与我如影相伴。在此之前，它估计还分别拥有过若干个主人，这些拥有过它的主人，后来也都无力于拥有任何了。毕竟物各有主，物在人间的辗转，进一步印证了

"物无常主"的道理。当时书的印量估计也是以万计的，不过我想它们中的大多数后来也都化成了纸浆，这薄薄的册子却还留在人间。它终于被爱书的我觅得。人与书的这点缘分，是不是也可以看成是风中两粒沙之间的相遇？

古人所谓的"温故"，我想不只是温习知识，也是重新确认人与书之间的一段情感。要知道，故纸都是有温度的。时过境迁，往事如风，朋友星散。不承想，旧书与人之间的关系会这么牢靠。忘记了书是从哪里淘来的。总之，它是有六七十年的历史，当年读过它的人，现在估计也已经老了。鬓已星星也。虽然钉书的钉子也已经锈蚀了，但文字落在纸上的力量却还在。铅字印刷的书，是能够感觉得到文字背后的力量的——伴随着巨大的轰鸣声，挤压与撞击之后的深刻。文字边缘，有着明显的凹凸的痕迹。也是初春，书被厚实的或是纤细的手指翻动。书总是用来翻的，书只有翻开了，书里的故事与秘密才可能深入人心。翻书是为了知道写书人的心事。旧人旧事借着文字的舟楫横渡而来，往事在翻书的人脑海里记住或者遗忘，书已经不再是书卷本身了，它把那些翻书的目光记录在簿。人在读书，书也在一遍遍地读人。

书和米饭一样，也是有生熟之分的，有些书出版了几十年，还是生的，因为没有被人翻过，或者翻过了，但没有被真懂它的人读过。这种书，翻开自然有一股青涩的味道，浑身带刺，像山里的野果子。有些书，上手就是熟的，生米煮成熟饭，书已经烂熟了，书被人反复阅读、消化。上面不仅有眉批，还有各种的折痕与泪痕。这是被懂书的人温过的书，是带有热气与呼吸的书。信手翻阅，江水流春，好像打开了一个陈年的美梦。

　　春寒料峭，周围的人都沉在午后的瞌睡中。睡梦让世界变得空空荡荡，没有思想和情绪，类似于一具拥有植物属性的身体。城市静如太古。城市徒留下坚硬的躯壳和此起彼伏的鼾声。昨晚又梦见黎明的群星，还有断壁颓垣中留下的一条通向春天密林的小路，有人在前面赶路，我紧紧跟随，一路小跑，看到很多野草与鲜花。当然也有从来不曾入梦的故人往事，他们居然在梦中重现。白云苍狗，梦一下就把自己拉到了从前，就像翻多年前的书，一页就翻回到过去。博尔赫斯把书籍说成是物中之物。文字就是对生活的沉淀。曾经发生的每个细节，后来都在文字中成为标本。热爱文字的人，生活也是双重的，现实给予人的那一部分，往往又在文字里经历一遍。然后，梦醒了，醒来以后，梦中的世界瞬间支离破碎。乍暖还寒的日子，最好是再生一个炉子，把黑漆漆的炭送进去，等炭火慢慢红起来，铁壶注满水，水煮沸了，沸水泡茶，茶烟袅袅。可惜这等美事几近奢望了。前日友人来，送我一小袋煎茶，牌子煞是好听，叫"千花百茶"，满满的书卷气，如此名字，绝对是唐人的创意。

忘记在什么场合了，又听人谈起王阳明，下了一夜的春雨，阳明先生是旧雨。人们多有谈起阳明先生的"知行合一"，却很少在"知""行"的基础上再往下刨一刨，知行的背后到底是什么呢？是涵养。涵养也就是养在读书人骨子里的元气。没有涵养的人，就没有精气神，更无论品位与气象了。读书最大的功效，我想就是让人变得有涵养，人有了涵养，头脑不仅开了智慧之门，待人接物，也比普通人多了一层悲悯。读书不只是为了受教化，也是为了传递悲悯。个体的生命一旦融入到时间的长河与万物的海洋中，短暂的一瞬也变得长久了。小悲悯可能只是一种同情心，但大悲悯却是心灵对世界的无限敞开。人类的悲欢谁说不是相通的，不仅人与人之间的情感会发生奇妙的连接，人与自然之间的共鸣也无时不在。文人习惯的的"伤春悲秋"并不能说明他们有多喜欢多愁善感，而是人类广袤深邃的情感世界需要向外部延伸。文字的力量之所以无限，也在于人们借助文字，最终拥有了理解万物、描述世界、表达自我的愿望与可能。